图书在版编目（CIP）数据

批评家. 第5辑 / 高岭主编. －成都：四川美术出版社，

2009.11

ISBN 978-7-5410-4039-9

Ⅰ. 批… Ⅱ. ①高… Ⅲ. 美术批评－中国－文集Ⅳ.
J052-53

中国版本图书馆CIP数据核字（2009）第197177号

发起人/高岭、顾丞峰、王林
Sponsors: Gao Ling, Gu Chengfeng, Wang Lin
本辑主编/陈默
Chief Editors of this issue: Chen Mo
编辑部主任/高岭
Director of Editorial Dept: Gao Ling
出品/北京虹湾文化艺术有限公司
Producer: Beijing Hongwan Cultural Art Co. Ltd.

批评家第5辑
Issue No. 5 of THE ART CRITIC

责任编辑/陈默
Editor-in-Charge: Chen Mo
特约编辑/杨涓
Executive Editor: Yang Juan
翻译/张显奎
Translator: Zhang Xiankui
设计/北京自场艺术设计工作室
Designer: Lin Zichang
责任校对/杨涓
Proofreader: Yang Juan
责任印制/曾晓峰
Printer: Zeng Xiaofeng

出版发行/四川出版集团 四川美术出版社
（成都市三洞桥路12号）
Publishing & Distribution:Sichuan Fine Arts
Publishing House(of Sichuan Publishing Group)
邮 编/610031
Postal Code: 610031
制版印刷/四川省印刷制版中心有限公司
Plate-making Printing:Sichuan Printing & Plate Making Center Co.,ltd.
成品尺寸/185mm×260mm
Size:185mm×260mm
印 张/7
Printed Sheet:7
字 数/100千
Number of Words:100.000
图 幅/ 50
Picture Width:50
版 次/2009年11月第1版
Edition:First Edition in Nov 2009
印 次/2009年11月第1次印刷
Imprint:First Imprint in Nov 2009
书 号/ISBN 978-7-5410-4039-9
Book Number:ISBN 978-7-5410-4039-9
定 价/30元
Price:RMB30

批评家第5辑
Issue No. 5 of THE ART CRITIC

《批评家》销售网点及参阅空间：

销售网点

全国各省、自治区、直辖市新华书店
北京三联韬奋图书中心
北京中美联艺术书城
北京海天图书销售中心
北京央美艺术书店
北京中央美术学院图书馆书店
北京今日美术馆书店
尤伦斯当代艺术中心
北京程昕东国际艺术空间
北京东八时区
北京798菊香书屋
北京798罐子书屋
北京宋庄促进会艺术书店
上海证大艺术馆书店
上海多伦现代美术馆艺术书店
上海季风图书有限公司
杭州南山书屋
杭州印象画廊艺术书店
西安美术学院美缘书店
西安方圆工艺美术书店
西安博远美术书店
南京先锋书店
江苏都市文化公司
深圳博雅艺术有限公司

广东美术馆书店（学而优）
广州一画美术书店
四川美术书店（四川美术馆内）
重庆喜马拉雅书店
湖北视觉书屋
武汉楚风艺术书店
长沙共同书屋
鲁迅美术学院艺苑书屋
沈阳博得艺术书店
哈尔滨艺苑书店
昆明金荣艺术书店
济南金艺画廊
洛阳精卫书店
粒米艺术书店（www.bookismore.cn）

高校图书馆参阅点

中央美术学院图书馆

清华美术学院图书馆

中央民族大学美术学院图书馆

中国美术学院图书馆

天津美术学院图书馆

广州美术学院图书馆

广州美术学院（大学城）图书馆

四川美术学院图书馆

鲁迅美术学院图书馆

西安美术学院图书馆

湖北美术学院图书馆

南京艺术学院图书馆

画廊、艺术中心（参阅空间）

北京水木当代艺术空间

北京艺凯旋艺术空间

北京长征空间

北京常青画廊

北京亚洲艺术中心

北京圣之空间艺术中心

北京伊比利亚艺术中心

北京高地画廊

北京林冠画廊

北京百年印象摄影画廊

北京公社

北京三影堂摄影中心

北京别处空间

北京站台中国

北京林大画廊

北京星空间

北京东京画廊

北京千年时间画廊

北京三尚画廊

北京香格纳画廊

北京都亚特画廊

北京前波画廊

北京现在画廊

北京阿拉里奥画廊

上海当代艺术馆

上海多伦现代美术馆

深圳何香凝美术馆OCT当代艺术中心

湖北省艺术馆

湖北省美术文献艺术中心

重庆美术馆

成都空港10号艺术机构

成都K画廊

成都千高原艺术空间

批評家ART CRITIC™

本辑主编 / 陈默

四川出版集团
四川美术出版社

卷首语
FOREWORD

这里定义的"当代艺术教育"，是指在中国的大学范畴内的艺术类（含绘画、设计、动画、新媒体等专业）的高等教育。众所周知，新中国的高等艺术教育，是在前苏联的教育体系基础上发展衍生而成。从学院概念到系科设置，甚至教材、教学理念、教学方法和教学模式，都相似于前者，可谓一脉相承深得真传。半个多世纪以来，特别是在上世纪80年代之前的三十年，其教育体制，已成为一种熟练技工的生产线：个性培养不足，整齐划一有余；创造不足，被动有余；叛逆开拓不足，亦步亦趋有余。以至于近些年，鲜有世界级的艺术人才脱颖而出。

自上世纪80年代以降，随着改革开放滚滚思潮的强力推动，本土艺术教育开始呈现一些积极的变化。素质教育、因材施教、勇于创新的教育新理念，开始在最早的"八大艺术院校"出现，并逐步扩大和影响到全国。进入90年代，随着市场经济的确立，虽然也刺激了艺术教育的快速发展，但其负面作用显著。一个直接反映便是艺术院校数量开始增多，在校人数逐步增加。到了上世纪末，教育部门开始实施全国大学的扩建扩招，艺术类院校的数量和招生人数迅速增长了很多倍。而这种艺术院校的扩招，被事实证明是操之过急的。首先，它造成社会对艺术人才的供需失衡，并使得大量社会资源浪费。其次，他也影响了艺术生态的健康发展，刺激了艺术界出现投机取巧的种种不良现象，形成乱上加乱、推波助澜的恶性循环的反面作用。第三，招生人数的数十倍放大的背后，教师能力及素质并没有同步提高，反而不断下降。受损的不仅仅是院校形象，还在于教育诚信的下降。

十年树木，百年树人。我们正处在经济发展、科技进步、网络腾飞的时代，对教育的要求显然有别于前几十年。如何在新的社会背景下，发展与之对应的当代艺术教育，是每一个知识分子都必须面对的现实课题。面对当下艺术教育的种种问题，进行主题性、针对性的讨论批评，是非常及时必要的。我们注意到，在全球化的金融危机影响下的本土艺术生态，可谓矛盾重重，危机四伏。换句话说，没有这场金融危机，我们的艺术生态问题的探讨，也迟早要来。面对艺术教育的诸多问题，进行一场学术大讨论势在必行。虽然不可能从根本上解决问题，但善意地提出问题，应该是知识分子的良知所在，责任使然。

在上述问题的讨论框架内，本辑《批评家》有意识地请到各路专家，就不同问题层面，展开了积极有效的讨论。身为艺术学院院长的批评家黄宗贤，以大量的实践经验、相关数据、具体实例，从理论高度分析当下艺术教育的要害问题。他涉及的几个核心问题令人关注：设计类教学的误区；绘画类硕士、博士的谬误；扩招的隐患。展望作为著名艺术家和中央美院的资深教授，以他的实验艺术课实例，探讨当代高等艺术教育的种种可能。年轻批评家王娅蕾，以图表方式，将大量官方网站已公布的艺术院校、招生、人数等相关的数据整理排列，为我们判断与"扩招"相关的种种问题，提供数据支持。

王纯杰以他曾任北师大珠海分校校长的经历，谈他如何将国内一批著名的实验艺术家引进学校讲课，并使学生受益的教育经验，有不少值得借鉴之处。何桂彦是从学理的高度，纵论国内外艺术教育的优劣，并从理论上寻找诸多问题的根源。谭天则提出了"有什么可以替代当下的艺术教育制度？"的反命题，在讨论许多无法绕开的问题的同时，也从根本上确认了目前教育的存在意义。段炼以他在中西方执教治学的亲身经历，比较二者的文化差异，提出具有积极意义的个人观点。

高岭在《中国当代艺术"价值观"：一个既然提出就必须讨论清楚的问题》一文中，深入剖析了本土艺术生态的核心问题——价值观的变异，将对艺术未来的走向起着关键的牵制作用。刘翔则通过对沈语冰的有关对塞尚艺术的研究，提出自己新的看法。杨涓也在研究高岭的有关"商品与拜物"问题的基础上，大胆延伸话题，同样给出了一些新颖的观点。

第三届"中国美术批评家年会"特邀来自英国伦敦的国际艺术批评家协会（AICA）前主席，现名誉主席亨利·梅里克·休斯（Henry Meyric Hughes）先生，就国际艺术批评家协会的情况和国际艺术批评的总体形势进行大会发言。其博学的知识面、观点的尖锐性，让我们领略了批评严师的风采。他提出的当下批评所面临的全球化危机问题，不能不引起我们的重视与思考。他所介绍的有关AICA（国际艺术批评家协会）的相关情况，和充满善意的邀请，为中国批评家加强与世界的合作，呈现着良好的前景。

本辑主编　陈　默
2009年9月

FOREWORD

The topic of discussion in this issue of Art Critic Magazine is "contemporary art education". The "contemporary art education", as defined here, refers to higher education of art and art-related majors (including painting, designs, animated cartoons, new media etc.) in Chinese colleges and universities. As is known to all, the higher education of art in New China is a duplication and derivative based on the educational system of the former Soviet Union, both closely linking to each other and following the same tradition in all aspects ranging from the academic concept to institutional setting, and even in course books, teaching ideas, teaching methods and teaching modes. Over the past time of more than a half century, especially in the thirty years preceding the 1980s, the rigid educational system was actually a production line of skilled workers: less personality and more uniformity, less creativity and more passivity, and less rebellion and more imitation. As a result, there are very few world-class great artists in China, which is a great country boasting a history of civilization for five thousand years.

Since the 1980s, strongly propelled by the wave of reform and opening-up, the local art education has started to see some positive changes. New educational ideas, such as quality-oriented education, student-centered education and innovative education, began to emerge in the earliest "eight major colleges of art" and gradually spread to other parts of the country. The establishment of the market economy in the 1990s stimulated a fast development of art education, yet its negative role was more obvious. One direct result was the increasing number of art colleges and enrolment students. Toward the end of the 20th century, the educational departments began to expand the construction of colleges and universities and enroll more students, hence the so-called educational industrialization, and consequently, the 100-odd multiplication of the number of art colleges and art students. Such an expanded enrolment against the objective law has proved to be disastrous.

It takes ten years to grow trees but a hundred years to rear people. Today, in an age of economic development, technical progress and Internet popularization, our demand for education differs obviously from what we thought dozens of years ago. How to develop a contemporary art education suitable for the new situation of our society is a realistic research task that every Chinese intellectual must face.Facing the numerous problems in the current art education, now it is high time that we should need to give a specifically-targeted discussion and criticism.

Within the frame of the problems mentioned above, we have invited different experts purposely to stage an active and effective discussion of the different aspects of these problems in this issue of our magazine Art Critic. As a president of an art college, Huang Zongxian bitterly criticizes the essential problems in contemporary art education by using practical experiences, relevant data and real examples. He touches upon a few core problems. Being a distinguished artist and a senior professor of China Central Academy of Art, Zhan Wang explores the various possibilities of contemporary art in higher education by combining with the real examples of his experimental art classes. By using graphs and tables, young critic Wang Yalei sorts out and lists all the data about art colleges, enrolments and student numbers which have been publicly released on official websites, thus providing data support for us to judge the numerous problems related to "expanded enrolment".

As a former president of Beijing Normal University at Zhuhai, Wang Chunjie talks about how he introduced some famous Chinese experimentalist artists into the campus to give lectures benefiting the students. Standing at a theoretical height, He Guiyan comments freely on the advantages and disadvantages of art education in China and other countries, and probes into the root cause for the numerous problems. And by raising a question "What Can Replace the Current Art Education System", Tan Tian discusses many unavoidable problems, and meanwhile, he affirms the significance of the existence of the current education.

In his essay The Values of Contemporary Art: An Issue that Must Be Clarified Once Put Forward, Gao Ling gives a deep analysis of the core problem of the local art ecology ----the change of values will play a vital role in determining the future tendency of art. Liu Xiang puts forward his new viewpoint by analyzing Shen Yubing's research of Cezanne's art. Also, on the basis of studying Gao Ling's question about "commodity and fetishism", Yang Juan extends the question boldly and in a similar way, she proposes some novel ideas.

Henry Meyric Hughes, the AICA former and Honorary President in London, was invited to attend "The Third Annual Meeting of Chinese Art critics 2009",and He gave a speech on the status of criticism of World Contemporary Art.

Chen Mo
September , 2009

目录
CONTENTS

理论前沿
THEORETICAL FRONTIER

经验之谈
OLD EXPERIENCE

反思批评
REFLECTIONS ON CRITICISM

公共调查
PUBLIC SURVEY

书刊评论
BOOK REVIEW

理论前沿
THEORETICAL FRONTIER

教育空间闪耀理想之光
THE LIGHT OF IDEALS SHINING OVER THE SPACE OF EDUCATION

王纯杰

高扬理想主义精神

从事艺术教育需要理想主义，在这世俗利益至上的年代，没有理想抱负和献身精神，很难静下心来，在一块校园里默默耕耘。

北京师范大学珠海分校传媒学院在从2003年至2007年中迅速集结一批极有影响力的当代艺术家和设计师，他们深感艺术教育体系的滞后，艺术教育与当代艺术和社会发展脱节。他们都富有责任感和改革艺术教育的崇高理想，希望运用自己的实践经验，创新教学理念和教学方式，启迪学生能够真正理解艺术，发掘年轻人的才华，培育年轻一代的艺术人才。有位大学领导来学院检查教学工作，提出教育要规范，就是培养标准化的批量产品。结果，徐坦和蔡江宇等老师立即反驳，指出这样的学生产品，保鲜期极短，没来得及出校门就已经过期了。学院邀请这一批当代艺术家和设计师，他们都有自己艺术发展的大好前程。当时中国当代艺术上升到最火

爆前的这段时期，也是他们作品快速攀升天价时段。他们是国际国内的重要大展览不可缺少的参展艺术家，需要大量时间进行创作。为了教学，郑国谷老师几次放弃出席在国外自己的个展和开幕式。一些老师的工作室、家庭都在广州，在上课期间每星期多次长途往返校区。但是，他们想到学生，为了改革教学理想，他们贡献自己宝贵的创作黄金年段的时间和精力，使我深受感动。梁钜辉老师在他最后的一段日子里，他正有外景拍摄的美术指导工作，又坚持上课，每日从家里到学校再到外景场，几百公里三地穿梭开车，劳心劳累而生病，英年早逝，令人十分哀痛。正是这些老师高扬理想主义旗帜，鼓励年轻学生追求理想，思考人类未来，我们的社会才有希望，我们的学校更有活力。

我在香港二十多年，进行创作和参与许多推动艺术的活动。香港有较自由的空间，也不缺经费，但是，推动艺术却十分吃力，许多努力没有达到期望效果。

从多年的经历中深感香港艺术发展困难的原因就是教育问题。约十年前，香港艺术发展局请了专家，用了几年时间，花了过百万，做出了建立视觉艺术学院的可行性方案，香港特首也在施政报告承诺筹备视觉艺术学院。但直到现在，视觉艺术学院仍然不了了之。不重视艺术教育，缺乏教育的基础，艺术不可能蓬勃发展。2002年，北京师范大学在邻近港澳的珠海市创立新的大学园区，我觉得有机会创办新型的艺术设计学院，于是马上放下在香港大部分事务和创作展览活动，去珠海追求教育的理想之光。

依靠教师创造力

在颜磊、陈绍雄等老师推荐下，学院开始汇集一批著名艺术工作者。这些是中国当代艺术走在最前沿的代表性人物。他们对学生成长起关键的作用。一流师资才有一流学校，才有培育一流人才的基础。广纳人才，以艺术精神建构学院。德国魏玛的这个5、6万人的小镇，几百年来没有成为现代大城市，却成为欧洲的文化心脏与精神首都。魏玛创世纪的开端是请到文豪歌德来魏玛生活，哥德又请来了席勒。德国启蒙运动理论家赫尔德来此工作。音乐大师巴赫来此进行创作，李斯特任魏玛宫廷乐长。哲学家尼采晚年也来此生活。在上世纪初，建筑艺术家格罗皮乌斯来到魏玛，创立了包豪斯设计学院。魏玛的发展历程，没有像凯旋门、巴黎铁塔这样庞大的建筑物为标志。而以一个个思想家、艺术家、学者的到来，产生了一个个文化艺术运动，思想革命、艺术革命作为了魏玛的里程碑，创造了历史上的伟大艺术思想，造就了一些伟大的艺术家、思想家、建筑师。魏玛不是石头、木材能够建造的，而是用思想、精神创造的。同样大学也不是建筑材料能够树立的。大学须尊重各类人才、专家，拜请重要学者、艺术家、大师，依靠他们，用他们的思想与精神创造大学的灵魂。

建立具有多元背景，多元艺术观念和不同艺术风格倾向的教师队伍。同一课程在不同班级，选用不同艺术观念的老师所创造的学术氛围，让学生处于各种艺术观念的碰撞和交流情景之中，消解了标准和统一模式。多元甚至相互冲突的艺术思想的学术环境中，推动学生自我思考，自我发展，寻找与创造适合自己的艺术方式和艺术理念。这是源于我在上海戏剧学院上学时的经验。

1978年的上海戏剧学院是当时上海最主要的视觉艺术学府和艺术中心。学院相对其他学院来说比较开放，教师人才济济，重要是他们各有多样化的艺术倾向。有的老师受上海老一辈艺术大师的影响，绘画创作有印象派和野兽派的风格。有老师从敦煌壁画传统艺术获得灵感，用现代方式，创新的表现手法，进行再创作。李山老师又具有表现主义和原始艺术的倾向，创作大幅的画面。还有留苏联的老师深受俄罗斯画派影响的风景创作，以及有的老师作品具有装饰性的绘画创作等等。这些老师都是当时中国艺术转型期间影响上海的最具创造力的艺术导师。当时刚开始改革开放，学院还没有来的及制定教学大纲。在没有统一标准的要求下，学院多种画派风格流多元并存，并产生学术争论，各持不同观念。这样对学生来说，认同任何一派都不能得到其他更多老师们的肯定，往往无可是从，必须独立思考，探寻自己艺术的道路。在短短几年培养出现一批探索精神的当代实验艺术的艺术学生，以后成长成为国际国内一流的当代艺术家、装置艺术家、画家、舞台设计家、环境设计家、甚至艺术管理和教育专家等等。2007年有学者为艺术史作专题研究后，称为"上戏现象"。我在办学初期就吸取这个经验，这是我对教育的首要的思考。

我邀请对教学有深入思考的白礼仁老师来学院任教，他长期在香港教学，极受学生欢迎。这位66岁的爱尔兰人一谈到教学就兴奋起来，显得特别有活力。白礼仁老师提出"大排挡"概念：学校就像大排挡食街，有各种风味美食小吃的"工作室"，吸引学生挑选自己的喜好口味。学生在第一学期，需要学习了解自己兴趣，学会选择，然后进入各种工作室。他把这些想法画成教学地图。白礼仁老师进一步设想：理想的学院可以没有什么课程，但重要的是设立各种工作室。学生自由进到各种工作室，进行自我练习与创作，工作室里有技术人员协助。老师们充其量只是一些聊天者们。

"你要去哪里？"带着"为生活服务"字句的红袖章的Peter老师是来自德国的观念艺术家。他说：老师是的士司机，以学生的需要为导向，老师们按照自己的经验和了解，把学生带往他们想去的大致方向，让他们下车后继续寻找、摸索。"你要去哪里？""我能帮你什么？"实际上是要求学生自己提出学习的问题。

白礼仁老师设计的练习画模特儿练习，就像玩"音乐椅"游戏一样，学生们绘画直至音乐停下来，再与其它同学交换作业，在另一同学的作品上继续绘画，这样不断交换绘画，直到下课为止。传统的艺术训练强调个人的独立性，原创性，而白礼仁老师设计的这种练习却要求学生尝试理解、吸取、利用他人的绘画基础上继续发展，培养在各种原有基础、利用各种意见、兼容并包继续创造的文化态度。白礼仁老师另一个绘画练习是把一个文化调研或一段生活过程的许多重要片段镜头集中在一个画面，进行重构和表现。

教师们丰富的教学思想和方式是学院最宝贵的资源。学院并没有给予老师足够的资源和经费，以及相称的待遇。老师往往垫钱买设备，自己想办法在教学上减少教学设备需要。但是，学院提供足够的空间让教师发挥创造性的教育实践，发挥老师的才智，实现教学理想，这是吸引老师来珠海的主要因素。

我曾给郑谷国老师一本已出版的英国大学艺术设计教程，供他参考，他看后告诉我，这个教程不适合我们现在的学生，他以项目创作为主轴，根据每班的学生的情况，精心设计每班的创作主题。他说："每个学生的教学方式都是不一样的，对人讲人话，对猫说猫话，对树说树话"。郑谷国老师教学过程中因人施教，给予学生较大的空间自我学习、自我研究。他特别强调课程最后的创作作品，严格要求质量，每一课程作业都要进行公开展览。并运用自己的艺术网络，推动学生作品进行国内外交流，把优秀学生带入艺术圈，开拓学生眼界，提携他们发展自己的艺术道路。

鼓励独立思考，树立批判精神

有一天我接到几封学生意见书，对蔡江宇老师的教学提出批评。他采用的新的教学方式，要求学生发展自己对现代设计史中艺术流派的独特理解，二人一组，选择一个设计流派，每组自己编剧、编台词、设计服装道具、化妆、背景，作情景演出，利用戏剧方法进行视觉艺术课程。当时学生们并不理解，上美术课为什么搞戏剧表演，学生们不愿意完成这个功课。我了解情况立即与他沟通，他的回答出乎我的意料。听到学生联名投诉他好开心，立即兴奋起来，他说："如果有学生反对我，我就高兴了。如果学生对我没有意见，就是出了问题，是我教学的失败。"学习的根本目的是为了对"知识"的怀疑，对"权威"的不信任。最后，学生们通过表演，对艺术史论有全新的体现，对学习的兴趣大大提升。蔡老师的教学理念发展为以问题为核心，激励学生大胆提问，大胆探索。他布置的学生作业展览的主题，就是利用各种艺术形式包括行为艺术对他本人教学的内容和方式进行质疑问难，鼓励学生对课程知识的独特理解和批判精神。

我与蔡老师有相同体验。2001年，我在香港担任创作课老师，刚上课几个星期，就有一半同学对我的这门课程表示焦虑和不同意见，组织同我对话，集体"发问"。我面对这样情境，决定把同学对我的对我教学内容和观点的质疑作为课程内容，立即布置作业。开始时同学转换不过来，我就进行讲座，分析当代的社会批判性艺术家作品，帮助学生学习当代艺术的灵魂—批判精神。之后，我又根据学生对学院教育问题和批评和质疑，转换成艺术创作方式表达，选择在学院新教学中心开幕当天，学院领导、教育界高层、社会嘉宾在场时，展出这些作品，把质疑学院的"问题"，转换成为教育的公共"话题"。当时学院领导感到不爽，但舆论和媒体正面评论这个作品。在最后的毕业展中我与同学组成一个创作小组，把参与的人化妆成发育僵化的、智力受损的孩童，伴随着音乐，跳着不平衡的步踏，在开幕式前"闹场"。

传统观念对知识的性质理解为"绝对性"和"神圣性"，产生了知识的霸权，并通过灌溉式的教学过程支配知识。人们对知识的性质的看法深刻地影响到课程内容与教学方式。当代对知识采取了理性的批判态度，从不同视角、时空、价值观念、语言符号重新认识知识的性质。知识始于怀疑，知识的发展与创新所需要人的基本意识，就是对所谓的普遍性、中立性、客观性知识的怀疑意识、批判意识和探究意识，以及对"权威"的不信任。课程知识不仅是理解、掌握、运用的对象，也是反思、质疑、批判和修正的对象。

建立公共交流空间

教育是一种无保留的、开放的交流，大学是为青年人提供互相激发智慧和创造力的社区环境。陈邵雄老师说："我希望跟学生之间是一种很平等的感觉，是人与人之间交流的关系，我所希望的是一种活力，一种能相互激发的关系，我不太喜欢铁板式的教学方式。""艺术沟通的能力要比技术要重要得多。"学院开创初期吴山专老师每晚八点在校园一间中西饮食合璧的"清水竹苑"餐厅开讲，吸引了许多同学参与，开创了第一个学校的公共讨论空间。其他老师们来到学院后，不断发展这种非正式的"课程"。同学们不分班级、不分专业，自由加入，每个人都可以自由地表达自己的意见和想法。师生如朋友一样，进行轻松幽默随机的话题。这种不拘形式的平等对话，以及真诚、自由、开放的氛围促进了思考，产生出许多新的见解，酝酿了许多艺术构思、灵感和策划方案。一个学校需要建立多层次的对话、讨论和思想交流的公共空间。建立餐厅里的公共空间，开放的交流对话，问答施教和自由的讨论方式，有别于课程制集体训练模式和师徒制工作坊作业模式，突破传统僵硬和狭隘的教学模式带给学生思维的界限。自由交流状态最能激发创造性思维的状态，更符合求知本性的需要。

为更深入教学交流，我们鼓励学生自我组织和策划"开放教室—教学公开论坛"，建立新的公共讨论空间，探讨师生在学习、教学和有关艺术与教育的问题。"开放教室—教学公开论坛"还邀请其他大学艺术院校教师、知名艺术界人士、文化企业管理人士、媒体精英、学生家长和本校老师、教学管理者与同学们一起参与，围绕学生们提出议题，展开自由讨论。学院外人士参与的教学公开论坛，开扩师生视野和多维层次思考，理性地深入讨论问题。教学公开论坛围绕"什么是基础"、"艺术与设计关系"、"如何进行教学评估"、"社会需要什么样人才"等主题进行探讨。教学是启动人创造思维和悟性的交流过程，也是一种交互式艺术创作工程。艺术教育的最佳教学方式是如何为青年人创造和提供更有成效地互相激发智慧和创造力的氛围和思考维度。

大学需要进一步开放，全然的开放。大学教育是提供一种精神资源，能够面对人生历程的环境与挑战，发展人格、智慧，教育目的是打造人之为人的基础，自由讨论是大学教育最本质的、最主要的内容。二千多年前，苏格拉底在雅典街头开创公共空间的自由讨论、思想对话，进行问答施教。开放的大学需要多样化的公共交流平台，让思想在公共空间中自由流动，让公共话语的资源不断成长。大学里产生各种主题、性质的公共论坛、讲座、讨论会；丰富的文化艺术交流活动；活跃而具有自主性的各种民间学会、团体；发达的校园媒体，能够多种形式的自由表达。公共交往空间硬软件建设才是真正意义上的大学基建。

"开放教室"网站推动校园阳光机制

蔡元培提出：大学者，研究高深学问者也。煞费苦心建立的教授治校，用学术建立大学围墙，保护学术一片净土，然而半个世纪后，产生了教育的大官僚主导体系。上世纪90年代的教育改革，产生教育大产业，大学的围墙也被推倒。中国大学走过"大"学问、"大"学者、"大"校园和"大"产业的历史阶梯。高校在规模上迅速扩张，早已把大学问、大学者和教师们挤压成为知识民工。

荀子《礼论》"礼有三本，天地者，生之本也；先祖者，类之本也；君师者，治之本也。"荀子把天、地、君、师相提并论。回首北师大珠海分校，前校领导层中的问题最直接反映在对老师缺乏基本的尊重，无论是对待德高望重的老教授、创业功臣，还是青年教师们都得不到应有尊重。某些学校官僚甚至用违法方式铲除异己。教师作为自然人、社会人、理性人、学问人拥有基本尊严，教师有权利追求有意义的生活目标。有人说过：一个对教师缺乏起码尊重，甚至以亵渎教师为乐的民族是没有希望的。教师所追求的理想主义教育改革实践，与学校官僚体系、利益集团的目标南辕北辙，在校园权力的暴政下，理想就被腰斩乃至践踏。

多年的历史沉积，大学容易形成行政主导的官僚系统，盘根错节，长期缺乏监督，缺乏问责，自然衍生官官相护的局面，并以稳定为理由，拒绝公共监督，把校园的天空遮盖起来，与大众逐渐隔离疏远。在这种生态下，大学容易产生腐败。大学集权者憎恨、畏惧公共监督，害怕批评的声音。以损害学校声誉为理由，采用删除、屏蔽等手段，企图抑制开放讨论的平台。因此，维护与打压公共话语平台往往是发生于监督与反监督战场上最为激烈艰苦的战斗。

教育的市场化加速大学的扩张，原来作为事业单位的大学，现在每年有几个亿，十几个亿资金运转。但是在传统的体制下，行政主管与监督职能混杂，监管机制远远滞后。媒体对大学的各方面的讨论，批评和质疑也越来越多。其批评实质和关键，是珍惜和维护教育的公共利益！大学的公共性决定了大学必须向社会毫无保留地开放，必需接受公共监督，建立阳光机制。2008年春，北师大珠海分校老师们创立"开放教室"网络论坛，"开放教室"网站成为校园师生表达意愿、议论校政的重要公共空间，这是北师大珠海分校教师们思想大解放的实战经验和民主硕果。广大师生参与构建校园网络公共平台，表现学校面向师生，面向社会，接受公共监督发展的重要进程。教育的公共参与在一定程度制衡教育的黑箱运作。

我们的教育走到今天状况，急需的并不是基建规模的扩张，学生人数和院系的增量拓展。最重要的是建构大学监督制度和阳光机制，以多样化的公共空间作为基础，广纳人才，以思想塑造大学。大学的根本任务是培养人，这决定了大学的公共性质。培养怎样的人，体现社会的公共利益。大众期待大学能够学为人师，行为世范，促进社会的公平与正义，作为社会公共道德的楷模与表率。大众期待大学培育和体现人的基本价值观，促进社会和谐，如此方可让大学成为我们的精神和文化家园。教育作为中华民族及人类的寄托，培养创造未来的人，是大众的事业，亦是大众的理想寄托所在。

在今天的中国，大学之大不仅要超越大楼和大学者，更应响应大众的呼声和期待。大学应成为大众之学，吸引大众的参与，接受大众的监督，引领大众从思想与成见的惯性桎梏中解放出来，激发民族与国家的创造力。艺术教育在此进程中会成为重要的理想主义先锋，以艺术教育的改革探索，推动各个领域文化与思想的进步解放，让教育空间不断地闪耀理想之光，照亮我们前方的道路。

2009年6月 于上海

"盛世"景象下的欲望浮动
—— 关于高等艺术教育的反思

HUANG ZONGXIAN: THE AGITATING DESIRES IN AN AGE OF PROSPERITY
— Reflections On Higher Art Education

黄宗贤

在当代艺术以其特有的活力，为中国文化艺术界营造令人眼花缭乱的景观的时候，中国的高等艺术教育似乎更是演绎出热闹非凡、繁荣兴旺的光景。这种景象，有诸多值得称道的亮点。2008年笔者在一篇回眸改革开放三十年来的中国高等艺术教育的文章①中，已对艺术教育的发展状况及所取得的成就进行了大致的描述与概括。认为无论是撰写一部系统的中国当代教育史还是当代艺术史，忽略了高等艺术教育这一板块，都是一种令人遗憾的疏漏。因为，艺术教育是整个高等教育体系中变革频率最快、变革强度最大的板块之一，也因为今天中国艺术界的中坚力量和活跃人物，多为三十年来中国艺术教育变革所造就。

的确，我国的高等艺术教育，近十年来呈现在人们面前的是太多的热点，之一：艺术高考热持续升温，多年来参加艺术考试的大军像滚雪球一样，一年比一年壮观，我国每年参加艺术考试的学生总人数，恐怕不亚于一个洲每年报考艺术专业的学生人数之和。艺术考生规模如此之大，而且具有持续性，这在古今中外是绝无仅有的；之二：长久以来，艺术专业在人们意识里是一个具有特殊化、贵族化的专业，人们都懂得人人都需要艺术，但是并非人人都能从事艺术，艺术家应该具有的非同常人的敏锐的感觉、特殊的形式感悟能力使得在高等教育体系里，艺术专业不可能如中文、历史专业那样被普遍开设，因而，不多的艺术院校和少数综合性大学的艺术专业，成为少数确有艺术天赋和艺术理想的学子的向往之地。而如今，高校中增长的最快最多的恐怕是艺术专业了，十多年来，老牌艺术学院的扩充与开放性与其他综合性大学以及民间资本对艺术教育的青睐，使得艺术教育出现了空前热闹的景况。以至于使人们要找出哪些学校没有艺术专业远比说出哪些学校有艺术专业要难得多。不管与艺术有没有关系的学校，纷纷都把创办艺术专业作为完善学科和专业体系的重要举措来实施（这是从美好的愿望的角度来理解的），艺术专业成为了高等教育中名副其实的"香馍馍"

了；之三：中国艺术教育格局发生了重要变化，大美术观已经基本确立，"纯"美术与设计艺术专业形成了共存互动的关系，设计艺术专业在中国以前所未有的态势已经成为重要热门的专业；之四：高等艺术专业的人才培养体系迅速地完善，并不断地升格。在改革开放之初或改革开放之前，一个艺术本科生几乎就是艺术的最高学历了，一个艺术中专生，也是极具才能的艺术人才了。而今，除了个别特殊的艺术门类和个别学校，艺术中专这个词汇几乎从艺术教育体系中消失了，在艺术本科大规模扩张的同时，艺术硕士、甚至于艺术博士正在（实际上是已经）成倍地批量化地被生产，近十年来，每年中国获得艺术硕士、博士的人数，很可能是其他国家每年获得同等学位人数的总和。正因为如此，怀揣本科文凭的艺术学子在求职时已经没有竞争的优势了，硕士也已人满为患，博士也不再是可以昂起头颅的被哄抢的人才了。当然，中国高等艺术教育的现实景象还有许多值得可圈可点的内容，在此，不必一一罗列赘述。

我们在观赏热点，归纳成就的同时，更应该理性地审视与剖析艺术教育的阴霾与潜在的危机。因为"海市蜃楼"固然是一种美景，但是，昙花一现的美景之后，留给我们可能更多的是遗憾。其实，当下对于艺术教育现状进行反思反省的学者和文章已经不少，笔者对于不少高校处于现实功利目的，掺杂到艺术领域来哄抢"香馍馍"，为了规模效益一而再，再而三地扩招，不尊重艺术教育的规律以集约化的规模教学取代因材施教的个性化教育等诸多现象，在其他的有关艺术教育的文章中都有一定的涉及，在此不再作过多的评说，现就高等艺术教育中几个较为普遍存在而又容易忽视的问题谈谈自己的看法。

一、"欲望"的容器消解了艺术的尊严

在利益驱动下的艺术专业快速增加，招生规模急剧扩张，似乎无可非议，人们也可以为我国的艺术教育由精英式教育向大众化教育转换而拍手称快，因为这一转换，使得艺术高考万人过"独木桥"的景象已成为依稀往事。从整体上看，高等艺术教育的矜持感在庞大的招生指标的挤压下几乎已荡然无存，通向艺术境地的路已向所有愿意从艺者和未必愿意从艺的人敞开，凡想升学的人（包括家长）几乎都敢报考艺术专业，对报考普通专业畏惧的人更敢报考艺术专业。原本一个让人多少有点敬畏的领域，不仅不再被敬畏，而且成为不少对知识对学术没有敬畏感的人唯一可以任意踏涉的领地。如果高等艺术专业的增容，能将大批优秀的向往艺术的学子吸纳进来，何尚不是艺术专业的幸事，在众多的艺术求知者中，经过几年的熔铸和大浪淘沙，总会造就一批可用的艺术之才。可是，持续的艺术考试热所标示的是，许多人（包括家长）将报考艺术专业看成是唯一的升学的捷径。参加高考是很多人人生必须要经历的一个过程，但是有的学生考虑到自己参加普通专业的考试成绩可能不理想，难以考上大学或者说自己理想的学校，于是他们就选择了参加美术考试这条捷径。"什么都学不好的就来学艺术"这种说法在社会上早就流行，前不久听一美术教师说有一家长为子女的未来犯愁，想让其子拜师学艺，其初衷是："我这儿子习惯不佳，学习成绩不好，考学无望，只有学美术，考进美院，总比玩耍强。"言者无奈，听者更是唏嘘，为艺术专业尊严的丧失深感悲哀。或许，这样的话语与认识只是个别，不能以偏概全，但是，当今的艺术考试大军中有相当比例的考生还是从一种很现实的功利角度出发把艺术考试作为进入大学的一个捷径，这

却是不容争议的事实。于是我们看到的是每年递增的报考人数，是媒体不厌其烦地追捧的"艺考热"。这种热度并非是艺术专业的福音，反而给高等艺术专业带来了难以治愈的伤寒。我们看到：高考招生改革三十年来，艺术专业的文化成绩不仅没有逐年的提高，而总是在一个低分段上徘徊；一个需要特殊才能和天赋的人才能进入的专业，一个需要以特殊的专业考试来遴选生源的专业，最终收纳的多是并没有什么艺术天赋，甚至根本没有艺术兴趣的寻求便捷之路的淘金者。"巧妇难为无米之炊"，何况当今艺术教育领域的"巧妇"难觅了，即便是有，也难以酿造可口的艺术之餐了。

当然，人们完全可以用"人人都是艺术家，人人都不是艺术家"、"艺术与生活的界限已经模糊"、"艺术的特权已经从天才的手中滑落"这样的后现代理论来为今天的艺术教育开启了一条大众教育之路而大喝其彩，更可以用欧美国家高等艺术专业的门槛总是向所有向往艺术的人开放的事实，为中国艺术教育降低门槛的举动而称道。问题是，"人人都是艺术家"这个理论假设的前提是人人都愿意用艺术的方式去表达自己对于世界、人生、社会的感知与看法，艺术教育不设门槛的真正意义是艺术之门永远为向往艺术、尊重艺术的人敞开。当艺术教育领域成为大众满足现实功利欲望的容器，成为解决暂时生计问题的便捷渠道，成为众多没有求知探索欲望者的集结地的时候，其尊严与荣耀已丧失殆尽，没有尊严和荣耀感的专业，能指望培养出具有艺术使命感和责任心的艺术之才。高等学校的现实功利追求与世俗欲望的合流，艺术教育在某种程度上就会沦落为没有尊严的欲望场所了。

二、人文精神与技术训导双向缺失的尴尬

在艺术教育生源质量"先天不足"的情况下，如果有后天合理养料的施加，或许还可以扶持出一批艺术之才，但是，在今天的高校艺术专业的教学中，很难寻找"合理"的前提了。且不说，大规模的招生带来了艺术教育资源（软硬资源）的严重匮乏，已经使个性化教育成为空谈，也不说在商品经济大潮冲击下，还有多少艺术教师恪守"传道、授业、解惑"职业准则，全身心地投入于艺术人才的培养中，单就艺术教育教学的观念而言，数十年来并没有很好解决"传技"与"传艺（传道）"的关系问题，经验式的技术性教学仍然占据主导地位，这与艺术教育的本质，特别是与当代艺术教育发展趋势相悖。

无论中西，艺术的发展都经历了从与一般的物质生产性的制作技术混为一体的"技艺"向作为精神性生产的视觉文化的转换。这一转换在中国和西方尽管时序上有先后，但是，都无可逆转地实现了这一转换。在中国，唐宋以降，由于众多文人士大夫介入艺术创作，使得包括绘画在内的美术创作的精神性特征得以强化，以诗、书、画、印融为一体的绘画形式，凸显了中国艺术独有的文化内涵，使之成为世界艺术史上独树一帜的艺术形态。在西方，自古希腊始，尽管以雕塑和建筑为代表的艺术作品受到人们喜爱，但是，艺术在整体上并未被看成是可以与诗歌、哲学、修辞学、几何学、天文学等相提并论的精神生产，最多被视为与纯精神性的"自由艺术"相对应的具有物质生产性的"平民艺术"，艺术的创作者更是未得到应有尊重。这种令艺术尴尬的状况直到文艺复兴后，如达·芬奇等人文学者，将艺术作为他们探寻人类未知世界和科学规律的方法与视向，传达他们对外在世界感知的媒介而参与艺术创作才得以改变。也正是在人文主义思想的影响下，更多的从事艺术创作的"艺匠"们，

接受的教育不单是技艺性的，还有人文知识，使他们实现了从归宿含混的"手艺"人向学者化的转换，从而使艺术提升到与科学媲美的精神生产的地位。

尽管，中西方的艺术史文本都出现过抑"技"扬"艺"，并将技、艺之异作为贵贱尊卑之别之依据的倾向，但是，我们完全可以避开艺术史文本"话语"主体的偏见，就从艺术本质的角度来谈探讨艺术教育的内涵问题。在此，笔者不必就艺术的本质作一番沉繁的学理探讨，相信艺术是人类文化的重要组成部分已成为无可争议的共识。

在艺术的这种发展态势下，以学科中心论为理念建构起来的艺术教育模式，其先天不足就显而易见。当今，中国传统型的专业艺术院校的教育模式之优劣是十分明晰的，其优势在于在管理方式上及艺术价值评判上的认同感容易趋与一致。尽管在一个学院内教师有个体差异，但是圈内人的话语方式有更多的共性。不过，正是这种共性显露出它的"软肋"。因为这类院校长期以来以技术传授训练为主的教学模式影响至深，在师资及课程结构上，技术性仍然占据主导地位，人文学科的学术支撑和多学科的相互渗透显得不足。艺术发展到今天，技术问题已经不是主要的问题，而思想、观念和艺术判断力的培养已成为现代艺术教育的核心。检验艺术人才创新能力的尺度已经不再是技术上的翻新，而是对当代精神的敏锐而深刻的把握，并有将一种新锐的思想、对社会的评判、对生活的感受转化为形式的能力，一种能对本土文化艺术精神的深刻领悟和与世界文化艺术对话的能力。一种连人文方面课程都没有想到开设也无法开设的教育模式，难以培养出具备当代意识的艺术家，一个连起码的人文知识和人文修养都不具备的人，也难以成为一个出色的

艺术家。

艺术作为人认知与掌握世界的一种特殊方式，一种确证自己的特殊方式，本质上是一种文化行为和文化观念的视觉呈现。如果我们不否认"艺术品是人类价值观念的宝库"[2]，其文化的价值取向是决定艺术价值的关键所在这种认识的话，那么我们就可以说，文化价值的判断力和追求文化价值的自觉性是今天人文教育，也应该是艺术教育的重点所在。

人文学科的教育应该说包含艺术教育，反过来说艺术教育是人文教育的重要组成部分。作为艺术专业的教育，其底部构架应该有人文学科的支撑，技术性仅仅是依附在这个构架层面上的东西。艺术家没有将一种内在的思想观念和审美情感文本化的技能就不成其为艺术家，而没有人文学养的艺术家也不是真正的艺术家。由重技术的训练向重观念和创造性思维的培养的转换，已经是当代艺术教育发展的一大趋势。在加强艺术专业学生人文素质培养，拓展学生文化艺术视野方面，许多高校的艺术专业并没有自觉的意识，仅将艺术教学看成是一种技术传授，其结果是制造了千千万万的掌握了一定技术的艺术的劳动大军，而少有培养出有艺术发展潜质，能成为未来引领艺术潮流的艺术家。当然，三十年来，也就是高考改革以来，从我们的艺术院校中还是走出了一批杰出的艺术人才，但是，与整体的产出相比，比例还是太低。也正因为在艺术教育教学观念与方式上的误导，使得不少不愿思考无力思考，也并不真正热爱艺术的人将艺术专业作为必然的选择。

缺乏艺术思维训练和人文精神浸润的艺术教育，使得不少学生的审美判断力、艺术的敏锐性和创造力难以提升，以致我们看到，在一些以前卫的名义占据市场份

额的画家示范效应的蛊惑下，不少学生急功近利、煞费苦心地去构建属于自己的标识性符号体系，既不忠实于自我的内心感受，也缺乏问题的针对性，其结果是涂抹出一些貌似深刻实质上没有内涵的飘忽不定的视觉图像。当然，如果人文主义教育的缺失是因被技术教育所挤压也作罢，技术至上毕竟还能培养出些熟练的图像的操作者，或者说熟练的技术工。但是，不少艺术专业的教学处在思维培养与技术训练都放任的状态中，因而，无论是艺术家的学者化转化，还是学者的艺术化转化，在今天的高等艺术院校中都还没有看到令人可喜的端倪。

当然，呼吁加强艺术专业的人文修养教育，强调艺术专业教学方式多元化，并非是排斥艺术形式转化能力培养的理由。我们注意到一些艺术院校，特别是个别综合性大学的艺术专业，有一种鄙视技术训练的倾向，以理论挤压操作、用理性排斥感性，用所谓的学理探究取代情感表达。若这不是一种"学者"的偏见，至少也是一种矫枉过正。艺术专业教育毕竟不同于一般人文教育，一般人文教育的方式是通过讲授和文本阅读，使学生扩大知识面，学会对问题的分析与思考，并掌握以文本表达思想的方法与技能。艺术专业教育（艺术史专业除外）的目的，也是让学生具备将思想、观念、情感文本化的能力。但是，艺术文本是一种诉诸感官的形式。形式的创造必然离不开对艺术技巧的掌握。卡西尔在《人文科学的逻辑》中认为：物理因素、历史因素和心理因素是文化客体的三要素。任何艺术作品首先是一件物。物质性是一切艺术特征。在海德格尔看来一件艺术作品首先是一种物，这一点艺术与其他事物并无根本区别。艺术家的创作过程就是对"物"的改造、"去蔽"，使其构成对真理的揭示。强调艺术作品是一种"物"的形式，就暗示了艺术

作品是一种人工制作的结果，一种意义的构成方式。既然创造过程是将物质材料"精神化"的过程，也就意味着艺术技巧的作用不可忽视，艺术是一个用技巧重新组织过的世界。因而，艺术专业教育，强调艺术的文化性和精神性并不意味着对艺术技巧的蔑视，更不意味着在艺术教育中对学生形式创造能力培养的忽视。艺术院校和艺术课堂不是"肆意纵情无法无天却又名正言顺的世外桃源。"③正如前面所说，一切艺术创作都是心灵物质化和物质心灵化的活动。这种转化是以媒介、材料为中介的，如海德格尔认为的那样雕塑家和画家同匠人一样都使用材料，不同的是艺术家并不耗尽材料。而是将材料与形式溶为一体，因此材料退隐了。④将材料纳入形式，使材料精神化，这是一切艺术创作的价值所在，也是艺术之为艺术而非同与其他学科的价值所在。就是十分看重艺术和审美政治、革命功能的西方后期马克思美学的代表人物马尔库塞也认为："构成艺术作品独一无二的、不朽的、具有一贯同一性的东西，那使一个作品成为艺术品的东西——这个作为统一一体的东西就是形式。"⑤他将艺术的美学形式看成是艺术与其他人类活动区分开来的独特标志，看成是艺术之为艺术的本质特征。艺术家的成功秘诀不仅限于具有真挚的情感和独特的感受，重要的是还必须具有将内在的情感与心灵的感受转化为形式的能力。因而，对物质材料加工制作能力的锤炼，对将文化态度和内在心灵感受转化为视觉形式能力的培养是亚里斯多得的传统，也必然是艺术专业教育的重要内容。只不过，在今天的艺术专业教学中，不应再拘泥于用传统材料以及对这种传统材料的改造技能的训练，而应该培养学生去认识、发现、利用新媒介的能力，用新的创造性语言与形式有效地表达对世界、对自我、对人生的认识与态度。培养学生发现、利用、驾驭媒介的能力和形式的创造力，是

一切专业艺术教育根本目的。

既不重视人文思想的熏陶，也局限于经验式的技法传授或根本忽视形式创造能力的培养，使得高校艺术专业不少学生创作的作品既缺乏精神深度，又满足不了观赏者的视觉需求。

三、设计：一块缺馅的"香馍馍"

改革开放三十年来，中国高等艺术教育格局发生了重要的变化，其中最显著的变化之一，就是由纯艺术占主导地位向纯艺术与应用性艺术并存的转换。改革开放之初，中国艺术教育专业的设置主要集中于"纯艺术"领域，如美术专业，最被热捧的是油画、国画、版画、雕塑等传统学科，而艺术设计等应用性专业处于边缘的状态。很长一段时间，优秀的考生首选的必定是纯艺术专业。而近十年来，在艺术教育界"纯"与"亚"关系发生了极大的变化，如果说美术教育是近年来被大家哄抢的"香馍馍"的话，那么设计专业似乎是这馍馍中的甜心或肉馅。近年来，不少本与艺术无关的学校都在美其名曰"完善学科结构"的举措中，看中了有肉馅的"香馍馍"。在今天的中国已找不出多少没有艺术设计专业的高校了，每年大量考生及其家长都对设计专业十分青睐，甚至出现非艺术设计不读，或上了大学后拼命要转设计专业的现象。高等艺术教育这种的转换和现象的出现，无疑与商品经济发展，功利主义肆行有着密切的关系。

在人们的观念中，艺术设计是实用美术——这似乎是天经地义的。实用就意味着具有功利性、商品性特征，于是，人们接受"设计是亚艺术或准艺术"这样一个观念。在中国再不像二十年前那样因为它不"纯"，而被人们冷落，反而它的实用性质，成为被急于期望成为"先富起来的一部分人"热捧的行道。不少难耐清贫和寂寞的美术人心安理得地扔掉了调色盘或刻刀，拼死拼活地挤进设计——"实用美术"的行业。更有一大帮渴求通过这一热门为自己的子女或自己寻找到既体面又挣钱的岗位的人，把设计专业炒成了中国高校最热门的专业之一。以至不少美术院校近年来出现了设计专业门庭若市，而属"纯"艺术的绘画、版画等专业门可罗雀的现象。

在这种集体意识的支配下，设计家们以及设计教育，将眼睛紧紧地盯在了商家、客户的身上，似乎委托人的喜好，商家的功利需求就成为了设计人设计的准绳，而自由创造、情感表达、个性张扬理所当然地成为"纯"艺术家们"糊弄"的专利。

"设计"不管在今天的教科书上有多少定义，但是其基本的内涵就是将一种理念、意图、想法物化为一种可视形象的行为。依据这一理解，设计的疆域是无比宽广的，它既涉及生活实用目的的造物或图像创作活动，也包括非实用目的的"超功利"的创作活动。如果要将一般的造物行为和作为艺术行为的造物活动相区别的话，就是作为艺术的造物行为，注重的是精神性的传达，材料媒介以及语言符号只不过是设计者的思想、理念的外化形式而已。从这个层面上来讲，一切艺术创作实际上都是一种设计行为。事实上，人类早期的艺术活动，是没有纯艺术与"准艺术"之分的，将实用性艺术与"纯"艺术——"自由艺术"分割开来，是随着社会分工细密化而出现的，特别是有闲阶层和文人更多参与了艺术活动后，不仅将两者的界限划分得更加明了，而且还有了高低贵贱之分。以至，设计行为被视为服务于生活实际需求的雕虫小技，而艺术则成为精神贵族的专利。设计本来的含义被人们曲解了搅乱了。但是，我们应该看到这样一种事实，艺术发展到当代，已经呈现出一种整合的趋势，艺术与生活的界限已经变得模糊起来，纯艺术与准艺术之间已经没有了不可逾越的鸿沟。设计回归了它作为一种将内在精神物化为视觉形式的本质，追求生活的艺术化和艺术的生活化，已是当代人的自觉行为，至少是当代人的一种内在渴求。艺术也好、设计艺术也好，其本质意义就是将精神理念转换为一种可视的艺术形式。艺术家或设计家的职责就是创作形式以传达文化信息、个性信息，当然也包括产品的功能信息。

我们将艺术设计等同于商业美术，往往忽略了设计的本来含义，忽略了设计的精神性和文化性。在今天的艺术设计教育中，普遍偏重设计手段和工具的掌握，而忽略对学生创作性思维和想象力的培养。重技轻艺、重构成能力的培养忽略文化趣味的塑造，在我们今天的设计教育中成为难以治愈的痼疾。这一痼疾的生成有很多的原因，但是，仅将设计看成是实用性的艺术，将文化性从艺术设计的内涵中抽取掉，恐怕是这一痼疾产生的最重要的原因。设计作为一种视觉文化创作的行为，最根本的品质就是精神性与文化性，艺术设计与一般的造物设计最根本的区别就在于它赋予图像或商品以文化价值与审美价值。当设计者的主体意识被消解，当设计教育只被视作技能和工具教育，艺术设计的独立性和魅力也就荡然无存了。

在我们的设计专业中重技轻艺的痼疾比其他美术专业更为严重。就是对于技，我们的理解往往也存在着很大的偏差。具体地表现在设计教学中过分依赖电脑，而忽略对学生造型能力和原创性思维能力的训练。我们经常在毕业生的展览上看到一幅幅通过电脑制作的漂亮作品，仔细揣摩之后，就会生发出索然无味之感，

因为在那些合乎构成法则的作品背后是原创性的匮乏和想象力缺失。学生在课堂上通过并不长的时间，将包豪斯学院总结出来的"易教好学"的基本构成法则掌握后，就利用现存的电脑软件，将现存的图形拼凑在符合一般形式法则的框架中，就完成了一件中规中矩却没有个性的设计的作品。于是我们看到这样一种令人尴尬的现象：职业高中学生的设计作品和本科生甚至是研究生的作品并无质的差别。因为，他们都是通过同一或相似的电脑程序"设计"出来的。就如麦当劳和肯德基这样的快餐，属于两个不同的品牌，但是都是机械"程序"的产物一样。我们的确在用快餐的生产方式生产着成千上万的设计的"劳动"大军。炮制产品的方式越简单越快捷越好。电脑的操作训练取代了造型能力的训练，包豪斯教学中技能技巧，包括手的触感训练也被彻底地遗忘了，因为没有多少学校愿意或者说有能力为设计专业的教学提供必要的充足的实习试验的设施设备。在发达国家，艺术设计专业的教学质量在很大程度上依赖先进的实验制作设备，这种大投入高成本，对于被急功近利意识支配的办学者来说，是不会去考虑的。学设计的学生没有最基本的造型能力，已经不是个别现象。当大家都学会了简易的程序控制，而不需造型（无论是二维平面或三维空间造型）和操作能力时，设计的原创性必然被弱化。没有了原创性，设计的个性便无从谈起。我们知道一个设计者此一时彼一时的感受、思想和趣味是无法用别人或自己事先设定的程序来表达和控制的。独特的理念和感受在手的运行过程中才表现得最为贴切和生动。设计教学用"快餐"的生产方式培养学生，既难以培养出具有创新精神和能力的艺术设计家，也造就不出能适应市场需求的设计操作手。不少高校的艺术设计专业实际上成为有一个时髦名称，而无内涵的"馍馍"。

四、无知便无畏的升格热潮

近十年来，我国的高等艺术教育在市场经济的驱动下既处在群雄逐鹿的"战国"阶段，也处在"泡沫"式升格的虚幻"繁荣"中。如果说在教育"产业化"的大背景下，艺术专业的迅疾扩充与膨胀是大势所趋，把艺术类本专科看成是培养掌握一定技艺的劳动大军的途径，还能使持"国情论"的人理解的话，那么，代表国家艺术创作与研究人才培养最高层次的艺术类硕士、博士的专业设置与招生中出现的种种"创意"，着实使不少关注学术规范的人瞠目结舌，甚至使流行世界的"规范"显得极其的"保守"与苍白。

近年来，艺术专业中专升格为本科、本科学校极力申办硕士点、博士点，大力招收硕、博士生，已成为蔚为壮观的景象。如果，我们国家的艺术教育与研究的水平就如我们的招生规模一样在逐年攀高，人才培养规格的提升也是自然而然，无可厚非的。但是，基础依旧，却不断地在原来的框架上添加硕士、博士的楼层，也如在原来供本专科生喝的汤里，再加入供硕士、博士分享的水，这艺术教育的大厦或者说养料，能承其重，能保其质吗？而这种无畏的升格，往往还是在与世界接轨的名义下进行的，但是，升格的勇气与胆量一定让国外的艺术院校自愧不如了。笔者在几年前的一篇文章中曾提到："一些艺术院校，以'只要想得到就能做得到'的心态和'借鸡下蛋'的方式设置了一些除中国之外绝无仅有的艺术技法类博士专业研究方向，一些放情于丹青，睥睨理论，倒吊三日也难以倒出一滴墨水的画师、设计师给自己也给他人戴上'博导'的帽子。似乎这顶帽子一戴，就成了有学问的画师和设计师了"。⑥时隔几年，这种冒进之势不仅没有得到遏制，反而愈演愈烈。近几年，有个别学校根本没有从事

艺术学理研究的实力，但通过种种方式，争得了博士学位权，于是，大家都搭顺风车，一个个从艺的教授都成了博导，即便是从来没有做过艺术史论研究，甚至没有正儿八经写过文字的教授。艺术院校里硕导、博导越来越多，招生规模越来越大，着实让一些不怎么读书而又垂青高学历的从艺者，看到一片"光明"的前景，获得一种扬眉吐气的快感。每年我国毕业的艺术硕士难计其数，艺术博士也是一大批。其中有相当比例的人，创作水平不如本科，研究能力抵不过硕士。

笔者在此还得重申，绝无诋毁以创作见长的从艺者之意。一个真正的艺术创作者的劳动价值绝不低于一个艺术研究者的研究价值。在国外艺术方面的博士学位，一般是授予那些从事艺术史和艺术理论研究，并在学术上有新的建构和创见的学者的。学位的评定是有相对客观标准的，艺术史与理论研究的学术创见和水平在比较之中是可以评判的。大概是国外的学术机构不会是小视"形而下"的技法，而是深感艺术技法难以以学术性、规范性评判，艺术创造难以确定一个评判标准的缘故，索性就没有将博士帽在艺术家的王国兜售。一个没有博士学位的艺术家不仅没有失去应有的尊严和地位，反而以其创作性成果和特立独行的表达备受人们尊重。而我们的艺术院校里，这些年冒出一大批几乎不读书不看报"挂羊头卖狗肉"博导，招一些实质上是从事技艺学习的博士，最终既不能以"博学"和理论的创新与深度作为评判的尺度去衡量其水平，也难用艺术创新的标准去评价其艺术的价值，结果弄出个几不像的博士"怪胎"。

前几年，一个著名的海归画家因在一著名的大学招收艺术博士不顺畅，愤然辞职，舆论对其言行一片喝彩，与之共同口诛笔伐现行博士招生制度的弊端。的确，现行的招生方式，无论是哪一个层次的确

都存在着许多强差人意的地方，一些规定（如对外语的强求）不利于人才的选拔，无论我们怎么讨论抨击这些弊端都是合理的。但是，我们既然不满于现行的招考方式，为何还要去迎合这种方式，并以不合理的诉求去讨伐这种不合理的制度呢。也就是说，以培养艺术家为目的的教授，为何非要接受"博导"头衔，去招收并试图去培养艺术创作的博士呢。如前所说，艺术家的培养及衡量标准是不同于其它学科的，没有必要为了享受"博导"的待遇或者名誉而将艺术归降于其他学科现行招生的轨迹中。反过来说，你既然欣然归驯于现行体制，就得遵守这种体制的游戏规则。这种规则可能不合理，难道自己不合理的诉求与这种规则的冲突，就证明自己诉求具有合理性吗。或许，这位艺术家愤然辞聘，可以促使人们去反思博士招考中存在的问题，但是，并不能说明他的"愤然"是合理的。学艺者绝不因了有硕士、博士的头衔，就一定是一个称职的艺术家，一个艺术家没有必要去挪戴学问家的帽子，两种行当，不同的评价体系怎么能混为一谈呢。今天的艺术教育，需要培养更多的具有创造力的个性化创作人才（艺术史论专业的培养目标不同），而不是高学历、高学位的"挂羊头卖狗肉"者。

但愿艺术技法博士的设置是缘于"无知便无畏"的心态，而不是时下有良知的学者呼吁警惕的"学术腐败"的表现。面对如火如荼的艺术教育热潮和艺术院校、专业、学位、头衔的升格热，人们该是引以为思的时候了。

当代艺术市场上虚幻的泡沫现象需要反思，高等艺术教育的"盛世"景象更应该让人警惕。市场的虚幻景象在市场自身的调节下，可能很快合理地归位。而艺术教育的"泡沫"式膨胀，可能给中国的艺术教育和艺术事业带来的是长久的精神与价值的匮乏和尊严的丧失。

2009年7月 于四川大学

注释：

① 《艺术教育：三十年变革之路》，《中国文化报》2008年9月14日。本文所讨论的问题主要以高等美术教育为例。

② [美]艾迪斯·埃里克森《艺术史与艺术教育》宋献春 伍桂红 译 四川人民出版社

③ 王天兵：《西方现代艺术批判》，中国人民大学出版社，2003年9月第一版，160页

④ M.海德格尔：《诗·语言·思想》，第56页

⑤ 《二十世纪西方美学名著选》（下），第428页

⑥ 《自重：艺术教育》，《美术观察》2004年第6期

权力·产业·当代艺术教育
POWER, INDUSTRY AND CONTEMPORARY ART EDUCATION

美国理论家阿瑟·C·丹托（Arthur C. Danto）在《艺术的终结之后——当代艺术与历史的界限》一书中，曾谈到美国当下的艺术教育现状：

在美术学院里，技能不再被教授。学生一上来就被看作是艺术家，教师在那里只是帮助学生实现他们的创意。这种态度就是学生可以学习任何他或她需要的东西——如音响、影像、摄影、表演、装置。学生如果愿意的话，他们可以成为画家或雕塑家。但是主要的事情是找到哪些手段来表现他们感兴趣传达的意义。美术学院的氛围不再是一群学生站在画架前画模特或画静物，旁边有一个"大师"从一张画布走到另一张画布前提一些意见。在高级的美术学院，学生有他们自己的工作室，而教授们——也是艺术家——定期来观摩，看一看在做什么，给出一些指导。①

丹托的描述至少可以给我们提供以下信息：1、在美国当下的艺术教育中，学生才是真正的主体，而艺术教育的目标之一是培养学生的创造力；2、技能不是最重要的，学生不必画静物、画模特，学生可以自主地选择他们想学习的知识，选择他/她们喜欢的艺术门类，如装置或影像等；3、

学生进入学院就可以被看作是艺术家，而且是一个当代艺术范畴下的艺术家。

和中国当下的艺术教育作一个简单的类比，我们会发现一些不一样的情况：1、在中国的艺术教育体系中，行政体系居于绝对主导的地位，教师和学生则相对边缘化；2、技能训练始终是必须的，一名造型类的学生从考前培训到本科阶段，再到硕士研究生、博士研究生阶段，他/她都需要接受不间断且严格的造型训练，其中素描与色彩等基础技能占有相当大的比重，而艺术观念的拓展则相对较少；3、即使是八大美院的学生，一部分人在毕业前也不知道什么是真正的当代艺术，除了对架上绘画谙熟外，绝大多数学生都不能用装置、影像、表演等艺术形式来从事创作。

当然，美国的艺术教育同样有它存在的问题。比如，他们的艺术学院并没有整齐划一的评价标准，他们的学生由于太注重创造力的培养，太注重个性化的表达，普遍基础技能较差。相反，中国艺术学院的学生大都具有扎实的基本功和一定的实践能力。不过，我们的优势或许也仅仅只能体现在基础技能上。

何桂彦

注释：

① 阿瑟·C·丹托：《艺术的终结之后——当代艺术与历史的界限》，王春辰译，凤凰出版传媒集团，江苏人民美术出版社，2007年版，中文版序言第6页。

当然，单纯从表面或者单一的标准去判断哪种艺术教育模式比哪种更好，或者更差都是不客观的。因为，任何一种艺术教育模式的形成都有其依赖生存的历史、社会、文化语境。正基于此，只有对艺术教育的目的有一个相对一致的看法后，我们才能对当下的中国艺术教育展开讨论。

艺术教育何为？在笔者看来，从正面回答这个问题仍十分困难。因为，在20世纪不同的历史时期和发展阶段，艺术教育均承担着不同的文化、艺术使命。正是从这个角度讲，"艺术教育何为"在社会变革与不同的文化语境中都能找到不同的答案。然而，如果换一个思路，从反方向去寻找，至少，针对当下中国艺术教育的现状，我们可以达成一些基本共识，即艺术教育应独立于行政系统，不能被权力系统控制；艺术教育属于人文学科范畴，不能被市场收编，不能与商业合谋；同样，艺术教育既包括技能，也包括思想教育，因此它不能像其他一些技术性学科那样被教条化、庸俗化。如果认同上述看法，我们就能对"艺术教育何为"给出一个能得到大多数人认同的答案。单纯从教育层面上看，艺术教育应以学生为主体，培养其独立的艺术精神，激发其创造力，当然也包括最基本层面的美育和审美能力的培养；如果从文化和思想观念的角度理解，艺术教育的核心目的之一在于，让学生能以艺术为手段捍卫个体存在的尊严，捍卫其具有的自由、独立的批判精神。

然而，中国当下的艺术教育不仅弊端丛生，而且诸多问题都被表面繁荣的假象所掩盖。目前，制约中国艺术教育发展的首要问题在于艺术教育的权力化。"权力化"体现在两个方面：一个来源于艺术学院本身；一个是直接的行政干预。从权力生效的条件上看，前者源于学院传统，属于内部权力话语的外化；后者体现为外部的行政干预，即借助行政管理之名将艺术教育官本位化。当然，这两股权力并不是截然分开的，在现实的运行中，它们往往互为表里，相互依存。

具体而言，由于中国没有建立起完善的博物馆、美术馆的公共艺术教育制度，中国的艺术教育大多是由艺术/美术学院来完成的。然而，艺术/美术学院的存在本身就代表着一种权力，所谓的"学院化"从某种意义上讲就是将从教学到创作的各个环节标准化、系统化、教条化，形成一个相对稳定的评价标准，进而建立一套自足的评价体系。但是，评价体系的形成过程与艺术教育的权力化恰恰是同步发展的。一方面，艺术学院的存在需要建立一套自身的权力运作系统。不过，这种权力话语发端于艺术内部，属于艺术本体的范畴，但它常常以学院的创作传统、评价标准、审美规范的方式体现出来。正是由于艺术学院有自身的各种规范，因此，这些规范就可以转化成为一种话语权力。追溯历史，北宋的画院制度就形成了一套严格的学院体系，但它并不具有现代意义上的艺术教育功能。中国艺术教育的现代之路发端于20世纪初。20世纪上半叶以来，徐悲鸿为代表的艺术教育家以西方古典主义的写实手法确立了早期中国美术学院的教学与创作模式。1960年代的时候，随着对苏联美术学院模式的引进，中国的艺术教育日臻成熟。在"文革"以后的发展中，中国的艺术、美术学院的教学模式虽发生了一些显著的变化，但其核心部分并没有本质的改变，即教学仍然以写实为主，并秉承社会主义现实主义的创作传统。同时，不管从考试制度还是具体的教学，再到各级美术机构，以及美展制度的形成，一套以艺术教育和美协展览为主导的艺术机制与艺术系统最终得以确立，并走向成熟。然而，问题正在于，当此套系统日臻成熟的时候，就学院化的艺术教育而言，它也因此而衍生为一种权力话语。

其实问题的关键并不在于权力话语本身，按照法国哲学家福柯的理解，任何一种系统的建立都能滋生出不同的话语权力。那么，我们应该质疑和追问的是当下艺术教育模式存在的合法性问题，以及它面临的各种危机。换言之，如果当代的艺术教育仍沿袭早期的教育模式，仍然以单一的现实主义创作和学院化的写实训练为主导，这种教育模式是否已经滞后？它还能体现当代艺术的文化诉求吗？比如，在1863年的巴黎落选沙龙展上，以马奈为代表的艺术家开辟了一条不同于古典学院派的艺术发展路径。当然，法国的学院制度，包括学院的艺术教育并没有马上消失，同样，以莫奈、雷诺阿等为代表的印象派也并不比学院派的艺术家更强大，更具影响力。但到20世纪初的时候，法国的学院教育几乎完全摒弃了早期的古典主义教学范式，相反通过不断改革而建立了一套现代艺术的教育机制。同样，二战前的德国和战后的美国，在艺术教育模式上也作了激进的变革，如二战后美国的黑山学院就是当时最前卫的艺术学院，学生不仅完全摒弃了传统的技能训练，而且在多个艺术领域进行积极的实验，如偶发艺术、影像艺术、行为艺术等。在此种模式中，追逐现代艺术并不是刻意去否定维系在写实基础之上的古典主义系统，而是说，古典的写实主义或者传统的技能培训只是过去特定时代的产物，它们已经无法适应当代社会的发展了。同时，从更为本质的角度理解，现代艺术教育的目的并不是要通过规范去束缚学生，相反，应解放学生的心智，激发其创造力，让学生在艺术实践中充分地展示自己的个性。新的历史、文化条件需要与之相应的艺术教育模式，尽管有时新模式的产生与发展会举步维艰，但时代的精神和文化意志终将成为艺术教育变革过程中不可扭转的内驱力。

如果认同上述观点，那么，中国艺术/美术学院通过各种所谓的规范、传统形成的权力系统存在的诸多弊端就会逐渐显露出来。事实上，中国艺术教育的权力依存基石就是学院的写实主义和所谓的技能训练。对于该问题的讨论，我们仍离不开西方当代艺术教育这一参照系。20世纪60年代以来，西方当代艺术教育就形成了多元化的教育模式，仅仅以造型艺术类的教育来看，伴随着"架上绘画死亡"的论调，西方当代艺术教育逐渐转入数码、影像、装置等多元化艺术形态的发展中。今天的中国同样面临着艺术全球化的问题，那么，我们的艺术教育同样需要与西方接轨，需要变革，但是变革就意味着围绕在艺术教育系统之上的整个权力系统需要打破和重组。当下，中国的当代艺术正向国际化的方向发展，而中国本土的艺术教育（仅仅从造型艺术领域看）与当代艺术的创作原则、价值取向几乎是脱节的。实际上，在当下的艺术教育模式中，学生是否需要经历严格的学院式训练，尤其是接受长期的素描和色彩训练并不重要，重要的是，这种教学体系能使过去艺术教育中形成的权力话语找到得以稳定延续下去的"合法化"基础。在此，笔者不是去否定学生的写实训练与基础技能培训有其合理性，而是认为不能将上述的训练作为一种权力话语生效和运作的依据。因为不同的"写实"传统均可以通过各种变量，如造型、主题、色彩等因素形成一个相对完善的标准。换言之，如果没有这些标准存在，艺术教育中的权力话语就无法找到隐藏自身的合法化外衣。如果不将技法、基本功问题作为评价系统的核心，那么，中国艺术教育界那些所谓的权威、专家，以及美术界的"大师"就将丧失他们的话语权力。从某种程度上讲，中国艺术教育的滞后并不在于它是否选择"写实"或是否应走向"当代"，而是由于在过去几十年的发展中，已经形成了一个相当牢固，抑或说根深蒂固的权力体系。而那些拥有话语权力的人物早已成为了既得利益者。换言之，中国艺术教育的问题并不在于教育本身，其症结在于教育体系已经转化成了一套成熟的权力话语。在这种语境下，所谓的"学院化"实质只是教育权力化的殉葬品。就像中国艺术教育界的当权者不能接受杜尚的"现成品"创作观念和黑山学院的现代艺术教育一样，因为一旦他们接受这些艺术观念，就意味着，他们拥有的话语权力很快就会失效。当然，谈杜尚的"反艺术"、或者黑山学院的实验艺术教育，并不是说，中国的艺术教育需要去搞一个西方的"山寨"版，或者去复制欧美的教学模式。重要的是，透过这些例子，我们应该看到，西方艺术教育的本质在于不断地通过反思自身来超越既定的教育模式，从而激发人的创造力，放在"人性论"这个更大的范畴中，就是通过艺术来实现个体真正全面的解放。

中国艺术教育的滞后并不在于所谓的写实主义传统和各种既定创作规范，而是艺术体制与学院教育背后的权力关系成为了稳定现有秩序，调和各种矛盾，获得既得利益的工具。于是，"学院化"成为了艺术教育权力化的遮羞布。设想一下，如果没有这种深层次的权力关系对艺术教育改革的制约，就目前所具备的各种现实条件来看，中国的艺术教育想要进行全面而深入的改革是完全可行的。

当然，除了这种来源于学院和教育系统的权力外，另一种权力是对艺术教育进行直接的行政干预，即借助行政管理之名将艺术教育官本位化。艺术教育需要行政管理这是无可厚非的。但是，中国大多数艺术/美术学院中都会出现行政权力过大而影响到具体教学，甚至侵入学术科研领域的情况。问题正在于，如果行政管理与学术研究系统不能分而自治，就意味着官本位不仅把持着整个行政管理系统，实

质也控制了整个学术科研领域。科研官本位化的弊病在于将科研行政化、利益化、功利化，真正独立的学术研究反而被边缘化了。这无疑会给艺术教育带来巨大的伤害。因此，我们不得不去反复地追问艺术教育的本质到底是什么？对任何一所有自身历史和学术传统的艺术/美术学院而言，艺术教育的使命之一就在于继承和发扬传统，捍卫一种独立的艺术精神，并在学术科研上做出贡献。然而，教育的行政化和官本位化无疑成为了阻碍当下艺术教育发展的最大障碍。

除了艺术教育的权力化外，当下的艺术教育还面临着产业化、市场化的危机。20世纪90年代末期，艺术/美术学院扩招后产生的不良后果之一就是导致了艺术教育的产业化。产业化不仅改变了艺术教育在社会、文化系统中原本扮演的重要角色，也改变了艺术教育的功能。目前，一些艺术学院基本丧失了作为人文学科本该秉承的艺术精神，以及培养艺术人才的历史使命，相反，由于太追逐利益，学生无非是艺术教育产业链条上的开端，是资金和财富积累的重要来源，教师无非是这个特定经济系统运转中的工具。当然，教育产业化的好处之一就在于国家有了更多的财政收入，同时，部分艺术学院也可以在短期之内聚敛财富，而财富的增多难免滋生腐败，大兴土木，大搞基础设施建设更难免资源的重复与浪费。孰不知，一所好的艺术学院不在于它是否高楼耸立，而是在于它能否培养出优质的人才。诚如梅贻琦先生所言，"所谓大学者，非谓有大楼之谓也，有大师之谓也"。

所谓"十年树木，百年树人"，中国的艺术教育又何尝不是如此呢？！

亲历西方美术教育
MY PERSONAL EXPERIENCE OF WESTERN ART EDUCATION

西方后现代主义文化思潮对当代学术研究的影响之一，表现为以个人叙事来取代宏大叙事。在对美术教育的研究中，个人叙事是引入研究者的个人亲身经历作为研究个案，并由此进行管窥，以小见大。今天，虽然后现代主义早已过去，但其研究理念却给我们留下了丰富的学术遗产，其中便包括从个人亲身经历的角度来从事美术教育研究。

本文叙述并阐释西方当代美术教育，以笔者在北美留学和教学的亲身经历为蓝本，强调亲历和介入。本文所谓西方，仅限于美国和加拿大，因为笔者受教于加拿大，先后执教于美国和加拿大高校，而且，北美两国的美术教育理念、体制与方法也基本一致。

一、美术教育学

笔者于1990年底到加拿大，在蒙特利尔市的康科迪亚大学美术教育系学习。尽管我在国内已经获得了欧美文学和比较文学的硕士学位，但康大认为，我的绘画和美术史论是自学的，而且我也没有美术教育学的专业背景，所以不能直接攻读博士，而要从硕士读起。更有甚者，一开始还得选修一门本科三年级的课程，课名"通过美术进行教育"。

对我来说，这门本科课程让我知道了北美的美术教育是怎么回事：与国内美术院校的师范系不同，北美的美术教育专业偏重教育学和心理学，而不仅仅是学习造型艺术。上世纪90年代初电脑尚未普及，我这门课的结业论文是用圆珠笔写的，工工整整地抄写出来，竟然得了全班最高分，因为我写的是我上小学和中学时拜师学画以及外出写生的亲身经历。当然，与本科生为伍，若不得最好成绩也实在说不过去。

研究生的课程，讲究教育学和心理学的研究方法，偏重实证研究，如田野研究，而不仅仅是案头研究或文本研究。由于有本科课程的好开端，我的硕士论文便

段　炼

延续了同一方法：陈述并阐释我个人在中国的学画经历，以此讨论西方素描教学对中国当代美术教育的影响，例如从意大利文艺复兴的素描理念到法国古典主义的素描方法，再到俄罗斯的现实主义素描体系和中国20世纪后半期的素描教学实践。我从小学开始学画，接触苏俄理念和方法，沿用契斯恰科夫的素描教程。这本教程我比较熟悉，曾经临摹了书中的几乎所有素描头像。到毕业论文选题时，我面临了两个选择：其一，在导师的研究领域里选题；其二，选论导师完全不熟悉的课题。

我的导师当年在哈佛读博时，是阿恩海姆的高足，他们都以艺术心理学和形式主义研究而闻名。由于我同导师相处甚好，所以敢于同他讨论上述两个选题范围。出乎意料的是，他同意我选择他所不熟悉的契斯恰科夫素描教学法。对我而言，这个题目容易写，因为这是以个人学画经历为论述的基础。但对他而言，却是填补空白，因为北美高校没有人写过契斯恰科夫，甚至不知道契斯恰科夫其人，这使我的学位论文具有了填补空白的学术价值。

为了证实这个价值，我到华盛顿查阅美国国会图书馆（世界最大图书馆）的藏书，也到渥太华的加拿大国立图书馆查阅，确认美国只有契斯恰科夫素描教程的俄文原版，没有英文、法文等任何西欧语言的翻译本，而加拿大则一无所有。若有任何西欧语言的译本，我的论文便不会有填补空白的价值。随后，我请中央美院的易英在央美图书馆为我复印了一本契斯恰科夫教程的中文版，论文写作方得以开始。论文的最后一部分涉及上世纪80年代末中国素描教学的改革，我为此而采访了旅居纽约的徐冰，探讨了他那时在中央美院开设的素描课程，尤其是他在教学实践中尝试新方法的亲身经历。

什么叫个人亲身经历？为什么重要？这实际上是关于学术研究的原创性和真实性问题，还可以避免宏大叙事的空泛与不实。例如，在上世纪70年代初期的中国，使用契斯恰科夫教程会有什么物质条件和意识形态的困难？我用亲历故事来作解答：在完成了两年的静物写生训练后，我开始接受石膏头像的写生训练。老师的范画是古罗马的维纳斯和米开朗琪罗的耶稣头像，但我回家写生时却用当时的样板戏人物头像。老师说不行，不能用中国人头像，只能用西方人头像，因为西方雕刻作品的五官凹凸有致、面部的块面结构清楚，而中国人五官扁平，结构模糊，不宜用作石膏模特。由于那时买不到欧洲古代雕刻的石膏像，我便对老师说：维纳斯的头像不能用，因为那卷曲的头发是资产阶级的。老师回答说，在维纳斯的时代资产阶级还没产生。硕士论文中的这个插曲，得到了答辩委员会的很高评价，因为这个真实的亲身故事，生动而有效地解释了当时中国美术教育的政治语境和物质条件。

二、美术史论学

获得美术教育学的硕士学位后，我离开美术教育系，转向美术史系。我同另一所大学美术史系的博士项目负责人联系，谈了自己欲前往读博的愿望，并利用他到蒙特利尔开会的机会，请他到咖啡馆一聊，相当于让他面试。记得那天我们谈得很投机，然后在不经意间，我讲到了自己早年自学绘画的经历。

不料这位老师沉吟了一阵，然后用一种可惜的口气对我说：在你的申请材料中，别写你学过画。我听了一惊，忙问何故。答：录取委员会的老师们也许会认为你不务正业，只喜欢画画，不是做学问的人，而且，美术史是人文科学，不是研究手工技艺。我不能完全认同他的观点，虽未争辩，但我已预知我是不会被录取了。

于是，我回到本校的美术史系学习，主要选了两类课程，一是当代批评理论，二是历史研究方法。

当代批评理论的内容，是20世纪的西方理论，一门课讲现代主义，主要是本雅明一路的社会批评理论，另一门课是后现代以来的文化研究和视觉文化理论，涉及后殖民主义、女性主义、新媒体等等。现代主义在北美已相对老旧，所以教师们较少讲形式主义，而主要从今天的角度来讲解，颇能讲出新意。例如讲本雅明的城市理论和空间理论，都是用后现代和今日文化研究的视角来进行阐释，弄得本雅明像个后现代主义者。而讲后现代理论的教师则是位女权主义者，感觉就是当年美国激进的女游击队艺术家。这是讨论课，班里只有两个男生，其余均为女生，个个都是女权斗士，我们很难介入她们的讨论，听她们的言辞就像受刑。平心而论，我通过这门课也学到了不少东西，至少知道了一点女性主义的话题、视角和方法。

关于历史研究方法，值得一提的是有一门课讲怎样做访谈。西方美术研究中的访谈，与我们国内的访谈很不一样。国内的访谈，是将录音转换成文字，再让受访者修改，然后就定稿发表。这其实只是一份原始材料，基本上是受访者的谈话，而采访者在实质上是没有观点的，也即采访者并不在场。只有采访者的现场积极介入和后期的解读，才会使访谈上升到学术研究的层次，这是实证研究的通常方法。北美高校的图书馆有各种各样关于怎样做访谈的教材和研究专著，这些书都详细探讨了采访的前期准备、采访进行时的提问策略、采访后的分析研究，等等。现在国内美术界也流行访谈，但大多数却停留在低级的原始材料层次，并未进入学术研究的层次。本文在此抛砖引玉，希望这个问题能引起国内同仁的注意。

我在美术史系学习期间，有一门课因其教学方法独具一格而特别值得一提，这就是西方美术史中的艺术种类研究，研究专题为欧洲古代战船的船头雕像，英文称figurehead。对我来说，这门课是个全新的课题，引起了我的极大兴趣，并让我受益匪浅，让我知道了怎样使学生主动介入课题研究。由于听课的学生都不懂古代战船，所以无法进行课堂讨论，只好听老师的一言堂。但是，老师用制作航模的方式来让我们介入课题。不过，这不是一门制作航模的手工技术课，而是美术史和考古学课。老师让我们查阅欧洲木船时代沉没于海战中的战船名单，然后一人挑选一条战船，通过查阅潜海考古资料，在历史语境中进行战船重构，讲述这条战船的建造目的和过程、结构特征和材料、作战历史和沉没原因等等，并根据考察所获的资料来制作这条战船的模型，更绘制出这条战船的figurehead。

记得我研究的是一条18世纪的法国战舰，快帆船Martre，船名指一种水獭类两栖动物，船头雕刻的figurehead则是古代神话中的猎神狄安娜。我查阅了动物学和当时的历史资料，以便解释这条船何以有此命名。我还到海军博物馆去看同时代欧洲战舰的模型，也到海港码头去拍摄旅游区的仿古战船，以便确定这条船的大致模样。这种实证研究，使我对美术史的理解和对研究方法的应用，能够不受制于文本和图像的局限。

三、讲授中国美术

早在1980年代后期，我便在四川大学开设过美术史课程，讲授西方美术和中国美术，那时的讲法基本上是一言堂、满堂灌。

1998年我从加拿大到美国高校执教，也开设美术史课。在美国麻州一所文理学院教中国文学时，我同时应聘到邻近的佛蒙特州马尔博罗学院美术系兼职讲授中国美术史，教材采用一位英国学者写的《中国美术》。由于个人兴趣之故，我不讲其它样式，只专注于绘画的发展。为了让学生介入这门课，我将水墨练习引入课堂。我不仅到北京的中央美术学院购得了中国美术史的整套幻灯片（那时还没有PPT），还专程到纽约唐人街买来文房四宝，供学生在课堂上使用，让他们对中国传统笔墨能有亲身认识。同时，我也带学生到纽约的大都会美术博物馆和波士顿美术馆参观馆藏的中国古代绘画，并现场讲解中国文人画的特点。到期末时，我从学生的课堂练习中挑选作品，为他们举办水墨画展。由于我在学期初始发给学生的教案中已经写明了上述授课内容和活动安排，学生知道他们在什么时候该做什么，所以他们能够很有效地介入中国美术史的学习中。

2004年我从美国返回加拿大，在蒙特利尔的母校执教，开设了中国视觉文化课。西方的美术教育，强调教师个人的学术方向。在视觉文化研究中，我倾向于精英文化而非流行文化，所以我这门课不是讲民间艺术或通俗艺术，而是一如既往以文人画为中心，教材采用美国高居翰和巫鸿等合编的英文版《三千年中国绘画》一书。

这虽是本科学生的公共选修课，但我采用本科讲座和研究生讨论课相结合的方式，以求学生的介入。我要求学生在课前预读相关章节，但上课时不是复述教材内容，而是用教材提供的背景知识来解读作品，并在课堂讨论和互动中进行思想交锋。在此过程中，我特别强调图像的解读方法，例如用文化人类学方法解读史前岩画，从佛教流传的角度解读敦煌壁画，从笔墨形式来解读宋元山水画。为此，我将一些重要的理论概念和方法论引入教学中，以理论概念来把握艺术现象，以具体的方法论来进行解读，所借鉴者主要有中国古代的"意境"概念和潘诺夫斯基的图像学方法。

中国传统画论和诗论中的"意境"概念，原本是古代哲学、美学和佛学的概念，有点玄妙飘缈。西方学生习惯理性的逻辑思维而非感性的形象思维，所以我遵从西方的学术和教育惯例，在讲解意境时从这个概念的翻译和阐释等实证角度入手，通过唐代诗人王昌龄的"物境、情境、意境"之说，而逐渐由抽象的概念讲到具体的作品。其间，我更拿意境概念与西方的美学理论相参照，例如参照英国18世纪哲学家柏克关于美的概念，从西方风景画的角度来讲解北宋山水画的英雄主义气质和南宋及元明山水画的婉约之美。关于我怎样从西方视角研究意境概念，可参阅拙文《西方汉学与"境"的研究》。（刊发于《中国文学研究》季刊2007年第3期）

关于方法论，我要求学生知其然和所以然，学会举一反三。例如我讲中国宋元文人画对日本浮世绘版画的影响，便依据跨文化研究的理念，用潘诺夫斯基的图像解读方法，将看似毫不相关的宋末明初中国山水画同18世纪的日本浮世绘版画里的春宫图联系起来。我以充分的图像论据，来论证中国艺术对日本艺术的影响，并将这一影响从构图的方法层次，发挥到构思的文化层次。有一学生在期末论文中研究明末陈洪绶的人物画怎样影响了日本浮世绘中的水浒故事，便是举一反三的好例证。后来我将这位学生的论文印发给其他学生，分析论文的立意、构思和写作技巧，告诉他们什么样的论文才是好论文。至于我运用图像学方法的具体教学案例。（可参见拙文《图像学与比较美术史》，刊发于《美术观察》月刊2008年第12期）

结语：作品制作与观念艺术

前面已提到作品的制作问题，这涉及造型艺术系的课程与教学。笔者求学期间，并未在绘画系或相关专业选课，但在美术教育系选修过这些课程，其教学均以观念艺术的课堂讨论为主。

由于强调观念性，这类课程每门都有一个主题，比如"个人叙事"或"家庭叙事"，学生在一学期中要用自己的所有作品来表述这个主题。表述的方式和作品的样式各不相同，所以学生上课时带来参加讨论的作品便有绘画、雕塑、装置、摄影、视像、行为等不同的样式。对新的艺术样式，作者要在第一次讨论时阐述其发生发展的历史沿革，说明其艺术特征。在其他同学谈了对自己作品的看法后，作者再说明自己为什么要这样做而不是那样做，最后由老师总结每个人的作品。

在讨论过程中，由于主题相同，于是不同样式和不同方法的作品之间的关系，便成为重要话题。到期末时，结业作品通常是用学生自己所选的样式来表述本课主题，尤其要指涉其他同学的作品，并展现自己的作品怎样通过课堂讨论而得以改进。由于学生的作品经过了整整一学期的历练，集思广益，所以有些后来都成为正式的作品而参加校外的公共展览。

上述教学方式有两个长处：一是让学生通过亲手制作而理解了新出现的艺术样式；二是能够清醒地把握任何样式之作品的内在要义。

2009年8月 蒙特利尔

有什么可以替代当下的艺术教育制度？
WHAT CAN REPLACE THE CURRENT ART EDUCATION SYSTEM?

谭 天

很长一段时间以来，许多人对中国的艺术教育提出了很严厉的批评。是的，批判很容易，提出意见也很容易。现在很多人写的文章，对当代艺术教育的批评，都是实事求是的，艺术教育确实存在这些问题，提出的问题也是对的。但是，我们要从根本上讨论这个问题的话，那就是，有什么可以替代当下的艺术教育制度？

之所以从这个角度来思考，是因为中国大的教育制度经过了一次——在目前来说只有一次这样的——可以替代的，一种翻天覆地的变革，那就是用现代教育替代中国的科举教育。中国几千年来的教育的方法是以科举制度来贯穿着中国传统文化教育的，它是贯穿始终的。直到清朝末年坚船利炮打开了国门，才知道西方现代教育的方法。废除了科举制度以后，现代西方的教育制度和教育方法，整个替代了中国传统的教育制度，这个替代就是翻天覆地的，是从根本上摧毁的旧的教育制度的一种新的教育制度。我们今天来讨论这个教育制度的时候，我们是以一种什么样

的眼光呢？我觉得，对中国的教育制度不可能再来一次像清朝末年那样的一次彻底的，翻天覆地的，从根本上摧毁的这种改变。我提出的这个问题："有什么可以替代当下的艺术教育制度？"如果没有，那么我们现在对中国当代艺术教育现状的一种讨论和批评，它本身的意义就要打折扣。

本文的立论就是建立于这样一个大的前提下，我们现在对中国当代艺术教育制度的问题的讨论，某种意义上讲，它是在一个现代教育制度下面的修修补补。既然是修修补补，那么我们所谓的真知灼见，所谓的一针见血，所谓的对这些弊病的揭露和批评在一定程度上来说，它对中国整个艺术教育的现状是不能起根本性的触动和改变的。所以我对这次的讨论——《批评家》发起的对艺术教育的讨论，首先我是赞成的，但另外一方面，我有点悲观，我认为这种讨论和这种批评对中国当下的艺术教育是不会有多大改变的。基于这种认识，那么有些东西我们在批评的时候，

作为一种现代艺术教育，我们是怎么来认识它，是多看它的缺点或是以它的缺点来遮蔽优点，是一叶障目，不见森林？是去把毛病扩大？还是以一种修补的方法，使它更加完善？在没有办法可以替代的时候，我选择的方法是去修补完善。

比如说扩招的问题，扩招是大家批评的最激烈的一个问题，说扩招不好啊，或者说扩招学生质量下降等等。那么我觉得，既然我们不能从根本上改变它，那我们是不是要多去从一个正面的角度去理解它，或者去补充它。我认为在扩招这个问题上首先有两点：第一点，扩招它不是精英教育而是一种普及教育，所以扩招以后所谓的质量下降是没有弄清楚衡量标准是什么。文化大革命以前17年那种精英教育是培养艺术家，培养画家，从这个角度上来说，那么，今天的教育是达不到这个目的。这么多学生，怎么只培养一两个艺术家？当比较教学质量的时候，与过去手把手地教，"师傅带徒弟"的方法比较，从师生比例来比较，扩招以后会出现许多问题，但是我们要想到，当扩招的目的它首先以普及教育来替代那种大学生极少时代的精英教育的时候，教育目的已经更改了，当教育目的已经做了变更的时候，就不要再去以那种精英教育的方法来衡量现在。我们是精英教育培养出来的，很多当教授的，当博导的，是精英教育培养出来的。以之前自己受教育的教育模式，以过去那种教育方法来衡量现在，首先找的这个参照系，这个批评标准就值得怀疑。它必须是用普及教育的方法来评价现在的扩招。这可从两个意义上来说，第一、你只能用现在的眼光来看。现代社会进入一个艺术生活化的时代，作为生活对艺术的要求，对艺术的认识或者教育的这种要求，它必须要扩招。因为社会需要扩招。比如，现在的高等教育的考前培训班，国家并没有把考前这一块抓起来，但由于市场

的需要，考前班在全国各个省，成千上万的学生在这种民间的培训机构学习，大学不扩招，他们在扩招啊。多少人是以高中那种职业学校的方法在学习绘画，而这种监管的缺乏，师资的缺乏，课室的缺乏，都无法给予质量保证，而实际上他们已经在扩招了。可以设想，如果我们大学仅仅是像以前那种精英式的教学，一个学院才招400人，那么，这么多工厂，这么多设计广告公司要人才，哪里来呢？肯定会有很多鸡毛大学，鸡毛培训班，这些东西肯定是要出来的。兴许在一个学校的外围，有很多民办的艺术学校在招生，在培养学生。所以，如果一个政府监管的或者政府的教育部门来把市场的、社会的、经济发展需要的艺术门类和艺术实践人才的培养，纳入到艺术教育的正规轨道，我更觉得应该是一种形势的发展，一种客观情况的需要。不应该仅仅当作是主管部门为了招生，为了多赚钱，为了变成一种产业来扩招的。应该看到它的一种合理性，我个人觉得扩招是一种形式：经济形式，社会形式，或者是艺术生活化的一种教育形式，是一种后现代的社会状态所要求的。那么从这个意义上呢，多一个受过艺术训练的学生总比少一个受过艺术训练的学生要好。多一个正规学院培养的学生总比多一个鸡毛大学培养的学生要好。第二、既然是一种普及型的艺术教育，那么就不能要求培养的学生就是精英，一定是当艺术家的，他出来后可以当一个工厂的小老板，当一个政府的工作人员，当一个与艺术完全无关的一个行当的从业者，但是由于他受过艺术教育，或许这对整个国民的艺术素质会有所提高，它不是一个反作用，应该还是一个正面的促进作用。他总是在这里混过三年或者学过三年关于艺术方面的专业知识，那么他出去以后，不论他搞拍卖，搞画廊，或从事其他行当的时候，他也多一份这种专业的训练和眼光。只有这种普及型的扩招下的过剩的艺术教

育，才可能有大量的学生流入到其他的行业，不仅仅是在很狭窄的所谓艺术创作的这个领域里工作。它必然会溢到社会的各个行业各个领域里面，实际上是对提高国民的艺术素质水平是有帮助的。

在蔡元培时代就提到"以美育代德育"，在那个时代还有人提到"艺术代宗教"。这个目的就是要大规模地培养艺术学生，但事实上我们还没有达到"艺术代宗教"这种程度，我们仅仅是扩招了而已。那么从这个意义上来说，扩招，它带来了师资力量、专业质量、教育水平的下降，但是另一方面，在量的方面，在普及的方面，它起到了很好且不可忽视的作用，这是一个必须而又必然的过程。

再有一点，从教育的根本上来说，艺术教育是永远不会培养出艺术大师的，艺术大师不是在大学里面教育出来的。艺术大师他是通过教育后，在艺术实践中，不断地通过实践培育出来的，那也是麟毛凤角，也是百里挑一，千里挑一的。所以，即使是办成精英教育也不是说，精英教育就是培养艺术家的。培养艺术家，按照那个17年的经验，那时候的学生大部分是同一个面孔，同一种面貌的。真正的艺术大师，不说是在中国，就是在国外，也不是真正在艺术院校培养出来的。我们可以找很多例子来说明，凡高、塞尚、卢梭，20世纪中国的齐白石、黄宾虹、张大千等等，这些都是例子。就算我们提高中国的艺术教育质量、改进艺术教育的制度，那就能培养出大师吗？

假设我们认定，艺术教育扩招不是培养艺术大师，首先把这个目标去掉，认定是精英教育，也不一定就出大师。那么当下艺术教育不能培养出大师，这不是它的缺点，因为有没有扩招都是培养不出来的。由于扩招，大家都进到一种模式中去学习，这个扩招的模式越正规化越系统化越是它的缺点。但是如果现在我们不系统化教育，不约束学生，教学放羊，那么学生是不是就可以回到从前？在那没有教育的时候不是培养了许多艺术大师吗？那么现在教育越烂是不是越能培养出大师？难道说我们越不按规矩教学，越是放羊，就是培养大师的一个条件？这是不是一个悖论？所以，从前面提到的两方面来看，当下艺术教育质量的下降不应该归罪于扩招，关键是教学模式里面有问题。

首先我们要把大学本科专科艺术教育的培养要求要降低，要放到普及的要求上去。而到了研究生和博士生的教育，就应该是进入到一种精英教育了。对于这种精英层次的教育有这样一种声音：搞艺术的为什么要考英语？从两点来说，第一，绘画与英语完全没有关系，只要绘画好，的确不需要考英语；第二个方面，假设有了英语，也不见得是坏事。英语可以不作为一个硬性指标，同等专业水平，以英语好者优先。这可从两个方面来考量：一个是因人施教，一个是因教择人。这实际上都是对老师说的。如果一个人的确画得很好，英语不好，因人施教，不必要他考外语。比方说，原来学中国古典文学，可以叫他考古汉语，如果学国画的，古汉语好，那也可以当博士。以前评教授就是这样的，学"中国"两个字打头的，中国画"中医"不一定考外语，就考古汉语，就可以顶一门成绩，以前评职称实行过这种制度，我觉得照样可以在招生中实行。学中国艺术的，以技巧技法为主的专业，可以不考外语，但要考国语，作为一门语言学的成绩，作为录取标准。不能说古汉语都不考，那你看画论怎么看呢？相对来说这是一个基本素养的问题，我觉得稍微有一点点难度还是比较好，因为它毕竟不是师傅带徒弟。另外因教择人，比方说有些导师他是国外回来的，教西洋画的，他就要求你外语好，那这个可以要求学生考外语，外语好的我就要，不好就不要。可以给导师一种更大的选择权。如果一个导师本身都不懂外语，为什么非要选懂外语的？我就选不懂的，兴许你懂古汉语，懂诗词这些，就可以了。因教择人包括了质量、数量两方面，因教择人，既要选择学生的质量，又要考虑到一个教授能力所能承受的数量。比如孔子说"有教无类"，如果那学生的确可教，那些公共的标准，就不太讲究了，作为一个升学的标准不能极端，不能一刀切。在高层次的教育选择学生的时候，教授、专家的这种选择的权利的比重，要加大。这种权利的扩大，实际上就是把原来招生部门的那种按照制度的权利分散一点，给到个人一点。按照教育部门说的，如果把这个权利下放给教师的话，教师就容易开后门，但是总体来说，权利分散到某个人，只是几个人的腐败，比那种大的权利集中的腐败带来的国家的损害要小。那种很大的，官僚式的，集中的，按照统一标准的对中国教育制度和人才培养的损害绝对要大过某一个教授开后门招的某一个学生对整个中国教育制度的危害。

所以，中国教育制度改革的要害，是对教师的选择和严格要求。现在中国艺术教育状态的要害，在某种意义上不是扩招，不是研究生带多少个，而是导师的水平下降。说的更加豪迈一点的话，中国艺术教育制度的现状的改变是要求教师、导师们"从我做起，从自己做起"。目前这种不负责任从某种意义上来讲其实不是学生不负责任，而是导师不负责任。中国艺术教育的问题出在教师队伍的建设上，教育制度的根本是在于每一个现在能说得上话的，有一定影响力的，有一定水平的教师自身的提高和自身的约束和自我责任心的加强，这是最主要的。所以当下中国艺术教育要加强不是对学生的教育，而是对教师的教育，这是我要提出的口号。教师

负责任了没有，你是不是仅仅为了钱，为了名声和职称去做一些粗制滥造的事情，去拖累整个艺术教育，倒过来去怪学生多了，课室不够，资源不够，教具不够，实习的地方不够……而不检讨自己的责任心不够，如果有责任心那就不会带十几个学生。一次要带十几个研究生，有些理由不是应该值得怀疑吗？难道导师不可以主动少带些吗？因人施教，一个个来对待，可以教得刚刚好。现在能招研究生的许多本身就是教育部门的领导，招了那么多，学生你带出来了没有？不能怪学生，应该把教育制度的好坏跟教师本身的责任心和荣誉感联系到一起。

在没有什么可以替代中国现行艺术教育制度的时候，今天提到改革，应该重新回到某一个方面来检讨。我们过去传统教育有它的优点，作为一个私塾，作为一个导师，他对学生的责任心是很高的，"名师出高徒"，当时是很讲门生，讲门阀的，在这一点上，如果要求我们今天的教授、导师也有以前像私塾先生那样的责任心，觉得自己的门生是自己的命脉，"一日为师，终身为父"，这种中国传统教育的责任心更应该合理地被今天这种现代教育制度下的老师们继承起来。我们把那种制度的方法推掉了以后，同时也把那种教师教育的理念，教育的责任心也推掉了，在今天"门生"和他无关。但如果老师的责任在这里下降了，没有把他作为生命和事业中间的一部分的话，那这个教育永远是搞不好的。所以，在一个制度不能发生根本性改变的时候，我们现在提出任何关于制度的意见的时候，是应该从一个可以入手的角度，在这些可以对制度提出反省的人和起作用的人身上去解决问题。他不仅仅是一个教育官僚的问题，教育官僚在订无数教育制度的时候如果落实到教师身上，教师如果是一个能负责任的人的时候，有些东西它是可以消解的，那些损害

对学生已经就会有一种缓冲了。教师承担了这个损害，那学生受到的损害就小了。现在是把所有这些教育制度的弊病，都让学生来承担，教师在中间逃离了，一讲起来却说是教育制度的缘故，是扩招的缘故。所以，没有了教师承担教育制度和学生之间的这种责任的话，那最吃亏的就是学生，最吃亏的就是国家教育事业。假设扩招了，如果教师负责任，教师不推诿，那些不利方面的影响就会大大消减。而教师如果对学生采取不管不问，特别是对硕士生、博士生的教育，老在那里说是制度的影响，你有很充足的理由吗？

所以，结论是，在没有一个新的东西可以替代现在的教育制度的情况下，要改变这个教育制度，也只能循序渐进地改变。对教育制度改变的关键，不要责怪扩招带来的学生素质的下降，责任是在中间这一层，执行教育的教育者，具体来说，就是教师身上。教师还是应该有一种道义，既要有一种勇于向上提出意见、坚持正确教育理念的勇气，也要有爱护学生，对学生尽职尽责的情怀。如果教师可以坚持这样去做。在这种大的现代化的制度下面，去回归和追寻中国科举和私塾中间的某些合理的，关于"师道"和"责任"的这些有价值的东西，或许，中国的艺术教育才会真正有希望。

2009年4月8日
於广州美术学院

艺术学院教不出大师
THE ART COLLEGE CANNOT PRODUCE A GREAT ARTIST

什么是"艺术创造力"？如果把"艺术创造力"喻作一种来自宇宙深处的"暗物质"，那么它的外在呈现方式将是主体生命力和能量的燃烧。什么是"艺术天才"？如果把"艺术天才"喻作一种可以与"暗物质"进行交换的"微粒"，那么这种来自人类的最精细的"微粒"与"暗物质"结合则能创造出更加鲜活而真实的生命节奏。什么是"艺术大师"？他是自身具有最精细的"微粒"和"暗物质"，并能构建"微粒"和"暗物质"进行交换的新秩序的艺术家。

艺术大师基因中的"微粒"的外在转化形式即天分。天分的秩序性组合或程式化构建的结果，可以被形象化地理解为"理智的激情"，既是梵高（Vincent Van Gogh）那用放荡不羁的笔触写下的黄色土地和灰色天空的辉映，又是康定斯基（Vassily Kandinsky）内里燃烧着火焰的隐喻冰的圆。天分是艺术家先天的感觉系统中的直观经验，而后天的知识系统中构建的修养往往是阻碍天分自由表达的"可靠性障碍"，这种"可靠性"建立在以逻辑为基础的阐释学框架中，是被奉为社会普遍公认的精英经验对主体感官的强迫性附加，于是成为干扰直观经验对客观物象的自然质性进行自由表达的结构性障碍。在这种可靠性或结构性障碍系统中，"暗物质"的能量运动同样遭到制约，使艺术家的创造性运动被压抑，从而反向导致社会普遍性强势经验的扩张，不可避免地造成艺术语言的庸俗化。

从经验的层面来说，哪位后来的艺术家能够创造比米开朗基罗（Michelangelo Buonarroti）的西斯廷教堂天顶壁画《创世纪之创造亚当》中，上帝轻触亚当食指将生命的智慧和力量赋予人类那般更伟大的瞬间经验？谁能将恐惧、惶惑、痛苦的精神体验表现比蒙克（Edvard Munch）的《呐喊》更加淋漓尽致，更加具有呼吸的窒息感、神经的扭曲感和对人生实体的剧烈冲击力？艺术的经验可以被演绎，但真实的经验绝对不能被复制。演绎前人经验的艺术家可以避免内容的庸俗，但不能掩盖创造力上的卑微。

张光华

对生命直观经验哪怕只是被蚊虫叮咬后如汗毛般细微的痒痛感的传达错差，都比数学计量中的最大准确度还要真实。真挚情感的艺术传达是一种精神冒险，伟大的艺术绝不会出自怯懦和懒惰的灵魂。丢勒（Albrecht Dürer）不会因为没有模仿拉斐尔（Paphael）绚丽的色彩和宏阔的典雅风格而成不了大师，他的机体内流淌的不是意大利的血液而是日耳曼民族的激昂的理性，对德意志土地上的人民真实生活的描绘使其具有了自己的艺术风格，使他同样成功地成为了大师。张晓刚成为享誉国际的当代艺术家不是因为他的艺术语言中有里希特（Gerhard Richter）的影子，而是因为他敏感地抓住了中华民族在特定历史时期产生的集体心理记忆。

既有经验的传播价值是为后来者提供方法借鉴的可能，而不是被作为通过模仿获取"成功"的捷径。"成功"地站在炫耀的聚光灯下，不等于成为真正的大师。艺术经验现代传播的主要途径之一是艺术教育，然而把大师经验作为一种规矩模本向年轻的心灵进行灌输，是学院教育无法摆脱的悖论。学院教育的基础功能是训练学习者的技能或技法，从而奠定艺术的尊严基础，这是创立于1648年的巴黎法国皇家绘画雕塑学院和1769年创建的英国皇家美术院所共同认可的学院教育的基础功能。同时，作为学院教育功能的提升，它们更加重视和强调对学生想象力的激发和支持，鼓励学生打破并改变规则，背离对自然的低级、庸俗模仿。也即是说学院教育的根本目的是通过对学生进行艺术技能和艺术思维的基础训练发现潜在的天才，给他提供继续进步的基础动力，而非创造大师。大师不是学院教出来的，学院也教不出大师，因为大师的核心内涵是打破规矩方圆，建立个性化的艺术语言，而学院教的恰恰是规矩，是前人的语言经验，偶尔也会传播前人创造个性语言的努力方式以作为对模仿前人经验进行的掩护。

教育是有规矩的，而艺术创作是没有规矩的。学院教育所提倡的"打破规矩"一旦沦为一种神死形存的教条，也必然成为只有在庙堂高庭才能显其优势的"可靠性障碍"。中国目前的艺术教育问题主要表现为学院教育体制的"经验化"，教师教学的共性特征是将莫奈（Claude Monet）与印象主义、毕加索（Pablo Picasso）与立体派、安迪·沃霍尔（Andy Warhol）与波普艺术等作为经典经验的案例对学生进行"洗脑"，让学生误以为它们在观念和技法上几乎是不可能被超越的，这些案例都是值得推崇和效仿的，熟练"借鉴"它们可以帮助模仿者更快更早地站在聚光灯下。一批又一批的教师和学生信奉这种观点，把大师经验捣来捣去，在无意识中限制了艺术创作的边界或框架，致使中国现当代艺术的创造力严重缺失。

中国艺术学院教育的经验化自20世纪初期引进西方的现代艺术教育模式时就产生了，由于在西方各艺术门类面前我们都是晚辈，当时中国现代艺术教育的先行者徐悲鸿大师为学生树立了"古法之佳者守之，垂绝者继之，不佳者改之，未足者增之，西方绘画可采入者融之"的学习态度。从文化传承的角度来说，徐先生的观点是没有问题的，并且他在将传统中国水墨画和西方油画进行兼糅的方式中，使传统中国水墨画找到了一条适应政治和社会功能需求的成功转型途径。但在笔者看来，徐悲鸿先生的贡献是为当时的中国艺术提示了一种新的寻求发展可能性的思维方式，而并非创造了一种新的艺术语言。如果这项将两种既有经验进行嫁接产生的艺术形态算得上是一种语言创造的话，那么康熙王朝的御用宫廷画师郎世宁的作品岂不是更具有"话语权"？徐悲鸿观点的根本问题是建立在前人经验的出发点上进行修补借用，而忽视了个体创造力的潜能。与其类似的经验挪用方式也成为现代艺术教育的普遍经验特征。

教育不能造就大师只能造就匠人和技师，造就大师的是大时代，是每次剧烈的科技、经济、政治变革。技能语言的个体差异不是构成艺术语言价值的必要因素，在时代语境的变革中抓住新事物带来的惊喜、新秩序构建中带来的骚乱、新旧交替带来的矛盾冲突等时代经验的语言，是构成艺术语言价值的基础语言元素。最后，建立在技能语言和时代经验语言基础之上的个体情感释放和语言秩序解构，即创造力机制的冒险性运动促使艺术语言价值的产生。'85新潮美术作为中国当代艺术史上最具影响力的群体性艺术运动，其价值在于表达了中国处在特殊历史时期的时代经验和个人体验，而并不是因其创造了新的艺术语言，其采用的艺术本体语言只不过是对西方现代艺术诸流派语言的学习和抄袭。所以，'85新潮美术没有直接造就中国当代艺术大师，但却开辟了缔造大师的可能性氛围。

在艺术家自身努力和学院教育之外，中国缺少其他有效的艺术传播途径或机制，使艺术家的审美思维或创造能力的培养和发展受到基础性限制。如果在我们的文明化进程中，能够强化拥有丰富艺术杰作收藏的公共美术馆的建设和对众开放，印刷还原度和清晰度很高的作品图册的制作发行，艺术基金和艺术家生活福利制度的建立，开放性和严肃性的艺术批评环境的构建，城市公共环境的艺术化设计，还有其他举措的共同实施和推进，必将使全民的艺术素养和艺术理解力得到提升，从而成为医治学院教育的弊端的辅助性手段，使学院教育的功能得到充分辩证和重新建构。最终，给艺术家提供想象力自由发挥和创造力自由施展的充分的物理性和精神性空间。

参考书目：

1.《西方画论辑要》，杨身源 张弘 编著，江苏美术出版社，1990年4月第1版，1998年6月第3次印刷。

2.《艺术 言录——关于艺术、艺术家和创作的思想集》，[瑞士]阿斯特里德·费兹捷勒编著，俞理明 周晋译，上海人民美术出版社，2009年1月第1版第1次印刷。

经验之谈
OLD EXPERIENCE

训练创作 重在方法
—— 一个当代艺术家的教学点滴
METHOD IS VITAL TO ART TRAINING
A Contemporary Artist's Random Notes on Art Teaching

展望

当代艺术作为教学对美院来说是很新鲜的，虽然外面的世界已经"当代"的如火如荼，但是对于考取美院的学生来说却很遥远，这主要是两个方面因素造成的：一个是考取美院的方式依然是传统的，你要想顺利考入美院，你就必须按照考试标准来准备，而考试的内容仍然是写实艺术，因此，学生的关注点必然还是写实艺术以及写实艺术家，自然也就无暇顾及到更广大的社会了；还有一个原因是作为社会的美术教育还很缺少，我们没有像样的博物馆进行美术史教育，也没有能够跟上时代的中学美术教育，即使是一般文科教育也是应试教育，缺少让学生独立思考的训练，以上两点是美术考生不关心当代艺术的原因。

那么即使是进入了美院一年级，也还是要从写实基础开始训练，在中国特殊文化的背景下，学美术的不会写实功夫也说不过去。大概从三年级开始，学生开始有创作课的时候才发现自己脑子一片空白，这样是无法创作的，于是才有了解当代创作的渴望，严格来讲，美院的教学体系中是没有教给学生如何创作的系统方法，一般老师的办法就是让学生自由创作，然后老师看几次就可以了，绝大部分知识是毕业后由学生自己来补充的。

自学固然是好事，也能锻炼学生的能力，但是这个学习的过程还是完成的越早越好，至少是早早启动，当然也未必都要像青年作家韩寒那么早，因为毕竟如此早熟的人不多，大部分的人至少要在大学三年级得到全面启蒙，然后带着理想毕业。所以，关键是如何启蒙创作？如何从最基础开始，创作是否也是基础？是否也需要训练？

我曾经就这个问题发表过一些浅见，我的基本观点是：大学所学的所有东西都可以看作是基础，因此所有东西都要学。按照这个观点，不只是基本功是基础，创作也是基础，既然是基础就需要训练，在这个前提下，学生可以放轻松，不要想着非要创造多么了不起的作品，可以专注

于语言和表达的基础训练，这种学习在毕业以后的现实社会是很难再去弥补的。不要指望学生在校期间创作出成熟大师的作品，而是要更强调创作方法和"建立好的标准"（巫鸿语）。既然是训练，就会联想到军训，军训是指在真正打仗前战士要得到的基本军事训练，包括列队，打枪，体能，模拟实战等，如果没有这些训练，一旦上战场可能一下子就会被对方打倒，因为你还没学会保护自己，也就更不会进攻。本来我们的美术学院作为训练的基地一直没有问题，我们的问题是，我们的训练内容过分侧重于单项练习，素描、雕塑、浮雕等，有很多教材都是这个方面的，而对于实战模拟——相当于创作加展览及社会活动，似乎就缺少相应的重视，而这方面的教师恰好又非常缺少。因为，在军事上，能够教授模拟实战的必须是打过仗的，否则就成了纸上谈兵；相对于艺术界来说，打过仗的就好比是在社会上游走江湖有所成就的艺术家。而这些艺术家又大多不在学校，因此就形成了今天的局面，社会上的创作与学院式教学的脱节。

当然，目前这个状况已经有些改善，但还不是很普遍。

上面的问题如果能够得到解决，我们面临的就将是如何进行创作训练的问题。我自己对于当前学生的问题有过一些想法，针对我国学生的特性，我不知道这个是年轻人的特性还是中国人固有的特性，总之，我发现我们的学生还不太善于利用手头真实的物体材料去阐述和发掘人生的经验，他们要么空谈，要么不谈，或说不准确，容易只说不做，或只做不说，这种偏激的想法我也曾经有过，好在发现的早，一直在尽力克服，尤其是我在司徒杰先生的工作室那两年，受到了他在欧美学来的教学方法的影响，使我被训练出可以讨论艺术问题的能力（1986年）。因此，我对学生提出的口号是：说到哪里做到哪里，做到哪里必须说到哪里，只可以多做或多说一步。用这种方法主要的目的是让学生养成动手和阐述作品同步的习惯，一方面你说了就要做，一方面你做了还要说，把它看作是前进的两条腿。说多了不

佳齐作品－眼泪

（图1）

谢　龙作品－摔碎的花盆

（图3）

做，你会在潜意识里以为你已经做了，而实际上你还没有获取真实的第一手资料，你的经验是建立在空中楼阁的；而做多了不说，就会失去一个自检的过程，或者说是在一个不正确的自检系统中接受检验，这个意思就是说，即使没有对外人解释，也会对自己解释，而对自己解释没有外界的监督往往会陷在错误中而不自知，日久了就没有回头路了，对同行诉说是提高自己做的水平的一个最好的方法。

以上谈的也许更适合中国学生，我也接触过一些欧美学生，在这方面似乎比我们好。

为什么要提到上面的问题呢？因为当代艺术中主要的教学是观念性的问题，而观念性的问题存在于思想，而思想的交流很容易进入空谈，离开作品的空谈是很容易进入妄想狂的误区，其实思考观念本身也是要有方法的，分析和逻辑是很基础的思考方法，但是我们能做到吗？胡思乱想也可以搞艺术，但低层次的胡思乱想肯定做不出好艺术，在具备了一般人的思维能力之后再胡思乱想肯定是更靠谱。

观念是人类在表达方面所天然具有的特殊能力，用观念来做艺术，或用来引发艺术革命只是近几十年的事，如今它已经完成使命进入教学阶段，我的课程不是教授纯粹的观念，而是教授实物与观念如何互动，训练学生言之有物，物有所表的能力，我开的课是"材料与观念"，把这两个矛盾的事物放在一起，体现了雕塑系对待实验艺术一贯的良苦用心，生怕学生走偏，这是对的，但是如何给学生画出一个路线引入门是个问题。我尝试以三个阶段使学生入门：先从"我与材料"的关系入手，解决第一步认识材料的问题，由于"我"的介入，材料在一开始便是有温度，有个人感觉，甚至是有故事的，这样不至于刻板和过于学术，比如雕塑系学生栾佳齐把眼泪作为材料使人工催泪（切洋葱）与自己的伤心历史经验形成对应关系，看似荒诞却又暗含哲理，完全不相干的外界刺激却流出了相同形式的流泪（图1）；接下来是"材料与材料"阶段，这是一个很理性的材料训练，此时的"我"被抽离在外，变成客观的评判者、组织者，及制定规则者。这两个截然相反的对材料的训练会使学生全面的掌握材料的性质。

之后就可以进行一次综合材料创作了，在这个作品中可以将"我"的因素与材料及材料的关系综合使用，类似实战。有些学生使用一种材料经历了三个阶段最后完成作品，比如油画系学生潘林的作品就是从发现果冻，到果冻与玩具最后到用果冻制作水杯（图2）。更多的学生可能三个作业使用完全不同的三种材料，这两种情况都是可以的。我一般都要再加一个课程就是"相互评判"，采取抓阄的办法使学生互相选择作品进行批评加建议，甚至自己再创作，这个阶段主要是满足学生在课上看到别人作品时所产生的种种想法有个实践的机会，有时同学的解读完全是创作者没有想到的潜意识，而且还特别好，比如建筑系学生谢炜龙制作了假花插在摔碎的花盆里却不知如何解释自己的行为（图3），而在场版画系学生候蓁蓁却把他这个行为解释为假花盆恰是作者内心当中真正的追求，因为"假"是不死的而"真"确在没有滋养环境下会随时死掉，得出"假"恰好获得永恒的结论。当然，训练被批评者

的承受能力以及换角度看自己作品的经验也是目的之一。最后是展览，展览就不用说了，这是最好的综合训练。材料如同思想，它也有自己的逻辑，它是一种物质视觉和图像想像的逻辑，你必须掌握这一逻辑方法，就如同掌握思维的逻辑，毕竟，这才是当代艺术创作的基础。

那么，如何运用好材料的逻辑呢？我的经验是首先必须抛开两个容易做到的爱好，一个是审美的，一个是技术的。当学生关心审美问题的时候，以他们的资历往往会以以往的审美经验为依据，而所谓经验过的必定是已有的，因此不可能形成独创性的审美突破；而以技术为目的的试验又会离思想太远，也就离艺术太远，所以刻意让学生避开这两个比较容易的选项，进入以观念为导向的思维路径，其最终目的还是为了出现自己新发现的视觉美或者能够表达新内容的材料和技术。这种以观念带动材料的方法在实践中难度也很大，主要是在两者间的分寸把握上需要

2

很好的定力，不可偏颇，是一种把理性与感性、思想与物质纠缠在一起产生新物质的方法训练。其中涉及演讲、诠释、思考、逻辑、分析、制作、行动、演示、表达、沟通、批评、反驳、宽容、求同存异等内容。我们通常在课上很多时间都用于讨论，而讨论必须围绕着学生制作的初级作品，当某人开始谈论超出作品范围的理论时，我会及时打住话题，再把他们拉回到作品中；如果学生认为没什么可说的，让观众去想，我会希望他把内心对自己说的话谈出来，让我们也听一下，这就是训练，训练如何把对自己说的话拿出来对别人说。而当某个学生使用了诸如"后现代"、"文本"这些概念时，也需要及时问他是否清楚他所使用的这些词汇的定义，以此校正学生说话的准确性，避免滥用辞藻。

言语是否准确直接影响到观念的逻辑性，及材料的视觉逻辑性，你的观点是否经得起推敲？比如，有些学生讨厌观念艺术是因为他认为艺术都有观念，何必再提观念？这是因为他没有区分已成历史经典的观念与还在试验的很个人化的观念的区别。有些学生会认为艺术家只做作品可以不用说话，问题是你不对别人说也会对自己说，因为人的思维是通过语言来进行的，这个过程不断的给我们提供一些阶段性的结论。因为一个结论就是下一个结论的台阶，但重要的是得出这些结论所用的原材料是什么？是自己实践的经验，还是引用别人的？可靠吗？过程是否符合逻辑？所用概念是否准确，在这些内容都没有问题的前提下，这个结论才是有价值的，否则，看似正确的结论，实际很粗糙，这是因为推论的过程简单化，没有以今天的知识丰富我们对于以往概念的认识。我希望学生学会的就是这个如何获得有价值的结论这个过程。同理，学会这个方法，可以产生有价值的作品，可以将来

自己继续推导别的结论。

当然，我们也必须认识到，拿观念做艺术这事情本身也已经是历史经典，我们今天训练的可能会是历史中最后的经典，这之前我们已经经历过感性的，理性的，直觉的经典，我们试图从这个离我们最近的经典中寻找突破口，培养学生学会本事为了走向明天的文化"战场"。

说到这里，这些道理好像都是一些我们创作最起码的要求。何谓当代艺术？有人说，当代艺术应该是什么什么样子的，有人又说不是什么什么样子，因此引发很多争论，但我个人认为这些争论毫无意义，因为，一旦你执着于某个形式，实际上已经不是当代的精神，当代的精神是没有边界的，是探索的，是宽容的，也是严谨的，这么说来当代艺术岂不是最基础最正确的事情？其实本来当代艺术就是最正确的事，它是在艺术发生停滞或走偏的时候作出的矫正选择，希望回到艺术发展的正确轨迹上，当然是正确的了。我想再前卫的艺术也是为了自己的正确，用这样的原则教学，适合于初出茅庐的年青学生，既教给他们当代，也教给他们正确。

反思批评
REFLECTIONS
ON CRITICISM

当代艺术价值观
—— 一个既然提出就必须讨论清楚的问题
THE VALUES OF CONTEMPORARY ART
An Issue that Must Be Clarified Once Put Forward

我在去年底《今天我们为什么依然要喜爱当代艺术——也谈建构当代中国艺术的核心价值观问题》①一文中，首次对近一年来国内艺术界一些学者在访谈或著述中每每提及的中国当代艺术在价值观和内容上的特征问题，表达了自己的看法和担忧。为此，我在该文中专门用一定的篇幅探讨了"中国当代艺术"作为一个名词概念和一种艺术实践，在中国最近二十年来生成和发展的实际情境，指出描述中国当代艺术的价值观和内容特征，不能不首先考虑中国当代艺术的历史事实和语境，任何艺术批评不能脱离艺术实践的历史语境，任何价值观的梳理不能不面对既有的事实实践。在最近完成的为2009年"第四届成都双年展"图录撰写的《中国当代艺术：走向多元化叙事方式》论文中②，我又具体从话语叙事方式的角度，阐述了中国当代艺术中写实风格的现实主义叙事手法和抽象观念风格的形式主义叙事手法，都是艺术家主体在意识和观念的层面上建构自己与现实生存环境的想象性关系的努力。我特别在论文的结尾部分强调："对

艺术叙事方式和方法的研究和探讨，与这种工作在中国具体社会背景下被理解和被使用的方式是存在着重要区别的，因为一旦我们从包括艺术叙事在内的艺术象征形式进入到它的社会运用，那么，我们就必须面临它在中国社会背景下被用于建立特定价值观和规范化的社会共识的复杂性。"③

现在，我将对中国当代艺术的价值观问题在进入社会运用的过程中可能出现的现实和理论困惑与争议，做进一步广泛和深入的讨论，以期比较全面和准确地描述出这个问题的复杂性的全貌，从而表明任何学术命题的提出决非主观愿望和情绪所能左右，必须首先明确该命题的逻辑自恰性。

高 岭

价值观问题提出的背景分析

正像上面提到的，价值观问题只有在艺术作为一种象征形式被带入到社会运用领域里的时候，才会显露出来。换句话说，价值观问题只有在对同一社会内部的

不同艺术象征形式之间或者不同社会的艺术象征形式之间进行比较和分析的时候，才会突现出来。单一的艺术象征形式，即单一的艺术作品的视觉符号，其本身具有一定的价值，但尚未上升到思想观念和原则规范的层面。因此，价值观总是在具体社会这样的背景和语境的运用中形成的。

那么，中国当代艺术价值观问题是如何被带入到中国的社会背景中的呢？

一、现实背景分析

这首先与改革开放30年中国成为了发展中国家的最大经济体有关。最近据预测，中国的经济今年年底有可能超过日本，成为世界上仅次于美国的第二大经济体。也就是说，中国最近30年经济的发展成就是举世瞩目的。所以对文化上国际形象的诉求就顺理成章地提了出来。可是何种艺术的象征形式能够体现出这种文化上国际形象的诉求呢？我们今天用何种文化的形象来与这世界上其它民族、其它国家进行分享，或者进行沟通，或者争夺一席之地呢？再具体点讲，什么是可以和西方沟通的艺术媒介及艺术语言形态呢？是那种传统的民间艺术、传统的民间文化吗？多年来艺术交流的经历已经向我们证明，至少到今天为止，我们传统的水墨、传统的书法，传统的篆刻等等，不能成为一种国际化的语言形态，无法作为一个公分母来被人分享。而油画、雕塑、摄影，包括一些新近的艺术媒介，从媒介角度来讲是可以和西方进行交流，因为它们正是今天世界范围内当代艺术普遍使用的艺术媒介与语言形态。我们今天知道要用英文来和西方人交流，因为英文随着工业文明和现代社会的兴起，成为世界最主要的交流语言。我们不可能简单地认为持何种语言的事实中存在着霸权问题，存在着话语权的问题。语言本身是用来交流思想，是用来分享思想成果的，世界上的人们为什么在现阶段普遍使用这种语言而不使用那种语言，是因为语言背后所体现的一系列社会文明进步的成果。

我们使用这些从西方传来的艺术媒介，并且借鉴其艺术语言形态，并不意味着我们在照搬、照抄，也不意味着这些艺术媒介和语言形态本身是僵死和静止不变的。实际上正像改革开放30年来中国经济一直在向西方学习、借鉴、引资以促进和转化自己的研究开发一样，我们的文化艺术也一直在和西方碰撞、交流。碰撞交流的结果自然是要寻求自身的一种形象。所有中国艺术工作者都希望通过学习、借鉴和交流，寻找到再造中国当代艺术新形象的有效路径，希望中国自己的艺术能够经过当代文化的转换，形成一种当代艺术形态，能够立于世界当代文化之林。

如果我们把眼光回溯得更远一些，就会看到，这种想树立自我形象的文化诉求，从古到今从来就没有间断过，因为早在古代，我们的文化就始终处在与异域文化相互碰撞和交流吸收的过程中。佛教不是中国原产的宗教，佛教从东汉开始传到中国来，一直到唐代中期，经过了几个世纪，才融会为一种中国自己的宗教，其造像艺术的语言形态，才形成了丰腴圆润、优雅怡然的中国艺术形象。在此之前，云冈石窟，龙门石窟，其造像风格很大程度上都带有不同程度的异域民族的文化色彩。如果说对佛教的吸收和再造，是两千年前在一个共同东方的语境里进行的，历时6个世纪，那么，从19世纪后半叶开始的东西方跨越万里空间的碰撞和交流，何时能够出现一种新的符合中国自身的艺术象征形式呢？我们当然不会再需要六个世纪的漫长时间，因为今天世界的交流途径和速度远非一两千年前可比。

因此，我可以理解中国当代艺术价值观作为一个问题而不是一个概念，被一些人提出来时的社会历史背景和焦急迫切心情，甚至包括塑造中国当代艺术的国际形象的策略需要④，因为我们每一个中国艺术工作者，都生活在这样的现实社会环境之中，这样的思考实际上每天都在发生着和进行着，因此提出这样的问题有着非常现实的土壤。可问题首先在于，这个价值观究竟在哪里？它以何种形式被呈现出来，它是否适用于所有今天同时代的艺术，而不是有所具体所指？面对一个无限放大的"当代艺术"，这个价值观是否还具有具体鲜活的内涵？⑤在无边的"当代艺术"面前，这个价值观还能否被具体地描述出来？

二.学术背景分析

其实，价值观问题，包括中国当代艺术国际形象问题，并不是第一次被提出来的。从学术研究和理论探讨的发展历史看，在上世纪90年代，中国学术界和艺术界就开始出现了关于"全球化"和"本土化"的讨论，当时的讨论，早已大量涉及到身份认同的问题，价值认同的问题，以及中国艺术如何在世界范围内树立自己的形象，等等。身份认同的背后就是价值归属的问题。所以说中国当代艺术价值观的问题，在十几年前，在"全球化"和"本土化"的讨论中间就已经包含了很多理论上的思考和争论。⑥

当然，当时讨论"全球化"和"本土化"问题，在艺术界的主要缘起是因为中国艺术家开始受邀参加各种国际性的重要艺术展览活动，而从更加广泛的社会整体层面来看，其主要缘起是媒介的全球化现象的出现，即网络宽带等信息化技术发展带来的传播，以及由此形成的西方当代大众文化对中国社会的渗透。如果说，十几

年前开始的讨论，起初还透露着各方面人士的担忧和焦虑的话，那么，今天这样的话题重又提起，就不再简单地是围绕着要不要参加国际展览活动，或者更大范围讲不再是围绕着传播媒介的合法性和技术性层面纠缠不清了。我们大家现在可以自由地根据自己的情况出国参加展览，我们也都在使用并享受着这些媒介技术，而且越来越多的年轻学生开始使用新出现的各种媒介和技术进行艺术创作。面对这些已经成为不争的现实，究竟是什么又勾起了我们这样的话题呢？为什么我们一定要给自己"打造"出一种可以辨识的艺术象征形式或者说国际形象呢？这种形象能够被有组织地设计出来吗？如果能够被设计出来，它究竟应该是一种什么样的价值呈现呢？

当艺术媒介、语言、风格和形态不再成为不同文化之间优劣高下和相互交流的屏障的时候，决定不同文化之间差异性和异质性的究竟是什么呢？我们看到，在今天的政府文化主管部门看来，我们缺少的是"文化软实力"，也就是超越科学技术甚至超越文化媒介形态层面的文化软实力，即文化艺术内在的精神、内核上的品质。而从文化学术领域的专家学者的术语表述出来，就是我们没有自己的符合当代艺术实践的"方法论"。而个别学者更是将这种缺乏提升为尚待证明的"价值观"的高度，并且拿出的"灵魂"论来比喻。⑦

正像十几年前全球化和本土化的争论那样，今天中国当代艺术价值观问题被一些学者多次触及甚至被个别学者反复提出，从问题提出的逻辑方式看，其实依然存在着一种危险，即把非中国的当代文化艺术以及非中国的个人或组织机构，所发生的支持、展览、购买和拍卖中国当代艺术的行为和活动，对象化、异己化甚至妖魔化。在这些学者的潜意识中，非中国的当代文化现象、个人或者机构组织，

作为中国的"他者",有其强势的"国际形象"、"方法论"、"价值观"和"灵魂",正是这些后者决定了非中国的当代文化在今天世界上的主导地位。因此,今天中国的当代文化艺术若想超越非中国的其他当代文化,或者要与其他文化平起平坐,就必须自主地建立自己的价值体系和方法论,也就是说,要有自己的"灵魂"。我们可以看到,十几年前国内学术界强调弱势文化的多元性和边缘性,以此对西方中心文化构成一种批判性和解构性,拒绝文化一体化,即西方化,或者更准确叫美国化。那么,今天这一系列学术内部理论思路的出台,更希望以此来"颠覆"⑧非中国的"他者"文化的理论支撑,从而在学术的内部核心部分找到超越于西方的软实力。通过分析可以清楚地看到,不仅在文化的地理地缘、经济地缘和政治地缘上,我们的一些学者过去十几年来习惯于二元对立的思维模式,即便是在文化内部的理论建设和价值取向上,他们也总是愿意预设出一个尚待证明的自主主体以及一个不证自明的客体"他者"。也就是说,西方学术界现代以来所反对和反复警醒的二元思维模式,在东方的中国却经常自觉不自觉地体现出来,尽管后者在学术渊源上清楚地认同对二元模式的抵制。也正是中国学术界在思维模式上的这种反复无常和随机性,容易在进入社会运用时浸染上浓厚的实用性和功利性,所以像"价值观"这样根本性的课题,就必须格外谨慎和尽量清楚明白地界定和讨论,否则,只能是个别学者进行所谓漫无边际的随意性批评的托词,并无实质性意义。

价值观与世界观和人生观

现在,如果我们还想推进以"价值观"为核心的上述一系列理论思路和表白的话,就不能回避认识和解释究竟什么是"价值观"这个概念了。

价值观,是人们对价值问题的根本看法,是对什么是最重要、最贵重、最值得人们追求的一种观点和评价标准。价值观中的价值,并不完全等同于经济学中的使用价值和交换价值,而是指人们所认为的最重要、最贵重、最值得人们去追求和珍视的东西,它既可以是物质的东西,也可以是精神的东西。在中国古代思想史上,人们常用"贵"来表示"价值"这一概念。"贵义",就是把"义"看做最有价值;"贵生",就是把生命看做最有价值;"贵利",就是把利益看做最有价值。每个人都是在各自的价值观的引导下,形成不同的价值取向,追求着各自认为最有价值的东西。我们面对着不断发展变化着的许多新事物、新情况和新矛盾,每日每时都向每一个人提出有关事物的有无价值和价值大小的许多现实问题,需要我们去判断和解决。

价值观这个概念总是与世界观和人生观这两个概念联系在一起,在艺术界不少学者的正式表述中,总是不时触及到后两者,却又不加区别,弄得一团糨糊。限于本文主旨和篇幅,只对后两者做概念性界定:世界观是人们对世界上各种各样的事物的总的看法。世界观的基本问题是精神与物质、思维与存在、主观与客观的关系问题。人生观是人对人生的意义、目的和价值的根本看法。世界观、人生观、价值观这三者是既有区别,又有密切联系的。所谓区别就是表现在所指的内涵和范围的不同,世界观面对的是整个世界,人生观面对的是社会人生的领域,价值观则更进一步,指人在个人发展过程中的价值取向。同时,三者之间也有着内在的密切联系,一方面,世界观支配和指导人生观、价值观;另一方面,人生观、价值观又反过来制约、影响世界观。

由此可见,价值观问题是一个十分复

杂的系统课题，落实到中国当代艺术的价值观，其涉及面也同样非常广泛和复杂，需要非常多的学者，用相当长的时间，从各个方面共同来研究它。下面，我只就文化艺术领域价值观问题在社会运用层面和学术研究层面需要解释的几个方面，提出自己的看法。

价值观与文化认同

价值观不仅与世界观和人生观紧密联系又各不相同，而且在现实的情境中，还与不同政治利益、经济利益和文化利益有着千丝万缕的关系。就文化利益而言，就是价值观与文化认同的关系。也就是，什么样的文化对于特定地域群落中的人最具有价值。比如，中国山水画表现出的高远的自然风貌和空灵的人生境界，符合中国传统的文化价值观，人们在相当长的时期里对中国画的审美趣味产生出一种文化上的认同。

对这种文化认同，美国学者本尼迪克特·安德森有一个非常精辟的描述，叫做"想象的共同体"。他谈到不同民族文化互相发生碰撞和交流的时候，总是在脑子里想象出一种同民族内部共同认同的文化模式，以此来与外来的或者强势的文化模式相抗衡。⑨必须看到，所谓想象的共同体，其在思维模式上只注重共时性的空间稳定，却忽略了历时性的时间变化。我们总是想象每个人内心的精神家园，好像这个家园从来就没有变化过，就那么永恒地占据着我们的内心。其实，它的不变，是你构想出来的，是你在内心不希望它变化。古希腊文化艺术，被马克思比喻成一种高不可及的范本，这是说我们后人对先人创造的崇敬，但决不是一陈不变的。陶渊明"采菊东篱下，悠然见南山"的诗句，也是对精神家园的一种想象性建构。可是，我们每个人在不同时代和阶段对家

园的理解肯定是不一样的，对文化共同体的理解是存在着差异的。⑩

值得注意的是，这种建立在想象基础之上的文化认同，就其文化的社会利益而言，往往与对民族国家的认同联系在一起。就是说，讨论文化艺术价值观问题，必须廓清与民族国家认同方面的关系。这是我们最近十几年来在讨论民族化和国际化，或者本土化与全球化的时候，经常会面临的问题。一个需要弄清楚的问题是，本土文化认同和民族国家文化认同是不是一回事？笔者认为，不是一回事，两者不能简单地互换，不可以预先设定民族国家范围内文化的同质性和国家与国家之间文化的异质性。我认为要做仔细的区分。在大多数情况下，民族国家的内部文化并不是同质的，而是存在不同文化的。尤其像中国这样一个拥有50多个民族的国家里面，笔者认为不能简单地讲有一种共同的文化认同。与此同时，在不同的民族国家文化之间，又存在着分享同一种文化认同的现象，就是有很多国家其实在分享着共同的一种文化。这在欧洲的很多国家是这样的，欧盟能够成立，就是因为他们同时分享着一种文化，有一种共同文化的认同。

作为文化工作者，我们中不少人总是在思维模式上认为我们这个国家的文化是一体的，无视民族国家内部文化的差异性，强行划归为单一的文化模式，以致于在对文化模式的理论研究方面，总是希望整合出一种代表单一民族国家文化的理论，来"颠覆"或者超越非中国的异域文化，这种简单和草率显然同国家与国家之间所谓强权文化一样，存在着出现一种新的强权文化意识的危险，是民族主义意识的先兆。笔者可以理解作为一个知识分子个人，提出这样的问题，是其份内的职责，因为每一个知识分子渴望在文化上有所突破和建树，否则也许要"无颜以对后

人"。但是，一旦运用到社会层面特别是国家战略层面时，则要格外小心。这里面有可能会形成一种民族主义色彩的新的文化自负和强权。

建立在这种想象层面的文化认同的价值观，仔细分析起来，在思维模式上，还与其背后本质主义的观念有着密切关联。早在十几年前中国学术界就开始关注美国学者萨义德后殖民批判的"东方学"和"东方主义"的思想学说。中国不少知识分子在为以萨伊德为首的后殖民主义批判理论拍手叫好的同时，却又悖论式地演变为另一种形式的本质主义的价值观、身份观、民族观。把本土的中国价值和经验绝对化了，实在化，甚至于不变化。不变化就是稳定化。以此来与西方的文化强势相对立，从而形成了一种新的二元对立。实际上，萨义德是最不主张本质主义的。在萨义德后期，在他去世以前的很多访谈、采访里边，他说他的观点经常被别人误解。⑪也就是说在批判西方强权主义和本质主义的时候，他的思维方法在提醒我们，我们要借鉴和学习的不是他如何痛快地批判了西方，而是如何给我们提供了一个看待自身的方法，这才是萨义德最大的贡献。

传统艺术价值观与中国当代文化

理解中国当代艺术价值观需要解决的第二个问题，就是关于中国传统艺术价值观和中国当代文化的关系。我们知道，中国传统艺术和美学的追求，基本上是以儒家学说为正宗的，因此艺术和美学采取非常典型的功利论价值取向，也就是说，强调艺术的社会功能。早在夏朝，就有"铸鼎象物，百物而为之备，使民知神奸"的思想出现，⑫认为青铜器纹样图案是教育人们区别善恶的。孔子关于"绘事后素"的的见解，包含了一个道理，即文与质的关系，"素"是质，"绘"是文，文是质

的表现。⑬这种注重内质和善恶的思想，到了唐代张彦远那里，被明确表述为"成教化，助人伦"的社会功能论。尽管张彦远的此番论点是就人物画讲的，但是，他在谈到山水画时，也顶多加了个"怡悦性情"，还是以道德劝戒为上："图画者，所以鉴戒贤愚，怡悦性情。"⑭

可见，我们的祖先对待美术采取的基本是实用功利的价值取向。这样一种以儒家为正宗的艺术思想，在面对西方文化的时候，发生了什么变化呢？19世纪末20世纪初的很多留学生开始正式地学习油画，实际上就是想借鉴西方的油画，因为后者代表了一种科学主义、理性化地观察世界、认识世界的方式，希望用这个东西来改造中国当时泛滥成灾、日益衰败的传统绘画，因此其功利色彩是十分浓厚的。

中国历史上的一系列社会政治斗争，其中一直贯穿着这样的功利主义的实用要求。从古到今，中国的艺术创造和审美意识始终离不开功利和实用的归匣。这就决定了中国近现代的艺术和美学思想在吸收外来文化、融合传统文化以及创新方面的不彻底性、不纯粹性和混杂性。为什么这么说呢？

通过法国大革命等一系列西方民主共和运动，我们知道近代以来的西方艺术，它最精华的部分或者说价值贡献就是提倡人的尊严、独立、个性和自由创造。这种关注艺术本身，为艺术而艺术的艺术自律的部分，属于艺术与审美内部结构，是其核心价值所在。但是我们的艺术一旦跟社会放在一起的时候，往往被社会的、外围的各种条件和因素淹没了艺术内部的自律和艺术自身语言的发展，艺术自身的生命存在受到干扰和束缚。就中国现当代文化而言，其在形态上是混杂的，它的艺术价值观必然受到活跃于中国现当代社会的

各种文化、政治和经济势力及各种机制的影响和左右，不可能走西方从康德开始的那种非功利、独立自由艺术审美判断的道路。一直到今天，中国艺术和审美领域的情况也是如此。艺术家们在创作的时候，都是想着跟社会要有多大的结合，要去干预社会，关注社会，为社会代言，这种反映论模式的思维方式的背后，就是一种艺术和审美功能论，它决定了中国当代文化，当然也就决定了中国当代艺术本身的不彻底性、混杂性和不纯粹性。

中国当代文化的上述性质，也就决定了中国当代艺术的价值观不可能有一种单一的或者说整一的显现形式。这种非单一性和非整一性意味着今天希望通过文化行政手段来"打造"中国当代文化和艺术的统一式的"国际形象"或者"价值观"的愿望，是不符合中国文化艺术的实际，极有可能使中国今天多元发展的艺术价值取向，重新回到千百年来功利主义的老路上去。

价值观与艺术批评的方法论建构

本文在前面的论述中已经表明，在相当一部分中国学者的潜意识中，非中国的当代文化现象、个人或者机构组织，作为中国的"他者"，有其强势的"国际形象"、"方法论"、"价值观"和"灵魂"，正是这些后者决定了非中国的当代文化在今天世界上的主导地位。因此，今天中国的当代文化艺术若想超越非中国的其他当代文化，或者要与其他文化平起平坐，就必须自主地建立自己的价值体系和方法论，也就是说，要有自己的"灵魂"。这说明，艺术领域价值观的体现和价值体系的确立，与艺术批评的方法论建构，有着重要关系。换句话说，研究和建构艺术批评的方法论，能够在理论上支撑起中国当代艺术的价值观。为此，我们必须首先从方法论的角度考察中国当代艺术

的价值取向，从而保证方法论本身建构的有效性和合理性。

我们知道，真实地再现我们所处的社会生活和自然环境，是艺术作品的重要内涵。在特定时期，尤其是在社会政治和经济生活发生巨大变化的时候，艺术的使命就是要反映这种变化给人们的精神生活带来的影响和冲击。我们注意到最近20年来，中国艺术家用反讽、调侃、挪用、隐喻等在内的各种手法来表达人文知识分子对周围巨大变化的关注、质疑和批判，形成了中国1990年代以来当代艺术的一种普遍倾向。这种真实地再现我们所处的生活环境和自然环境的艺术手法，就是建立在工具理性的方法论基础上的一种价值观的体现。那么，这种中国艺术家使用的艺术创作方法，是否具有逻辑的自恰性和学术的有效性呢？从西方语境看，建立在对立和反映基础之上的镜像理论自现代以来，受到了普遍的质疑和批判，从而使自柏拉图以来两千多年的西方艺术理论获得了现代和当代的转型和发展，这其中，价值理性发挥了巨大的作用。这说明西方花了很长时间通过价值理性纠正过度依赖工具理性的偏差，从而使其艺术创造不断发展。这同时也表明，工具理性的方法论本身必须接受价值理性的考问和检验，从而纠正和完善其表达自我与世界关系的功能，更好地满足价值理性的诉求。1990年代以来中国当代艺术的发展，的确存在着很多学者都注意到的一种注重社会学层面的以写实风格为主的现实主义叙事模式，这是一种再现理论的显现形式。对于这种模式何以在中国出现并成为一种突出的现象，我已在上面提到的成都双年展的论文中做了分析和阐述，在此不复赘述。⑯

我们的确注意到，工具理性的方法论虽然在价值理性的考问下具有强大的生命力，但是并非能够解释当今日益丰富的艺

术创作活动和现象。尤其对于一百多年前还保持着自己独立自足的艺术方法论的中国艺术而言，今天是否完全可以按照西方的理论方法来从事艺术创造，这的确是一个会不断被提起和讨论的问题。尤其是进入新世纪以后，独特的中国社会发展的经验，使中国艺术家的创作手段和媒介涉及到当今艺术领域里的各种新媒体实践，阐释这些异常丰富的艺术实践活动，单凭工具理性基础上的方法论，恐难以顾及和胜任。因此，寻求更加准确和有效的阐释理论的意识，再一次突出出来。这一次，一些学者开始把目光投射得更远，要超越工具理性的方法论基础，希望能找到一种更加符合中国当代艺术创作实际的方法论，而这时，价值理性再一次得到了重视，只不过局限于对艺术市场化的抨击，还没有把它运用到对方法论的建构上去。⑮

价值观与艺术批评方法论，原本并不是同一个层面的问题，但是，选择和建立什么样的艺术方法论，必然是在什么样的价值取向的驱使下进行的，而什么样的方法论也正是什么样的价值观在视觉艺术阐释话语上的体现。因此，一方面要意识到价值观问题的解决与艺术内部核心部分批评方法论的建构有着密不可分的关系，另一方面也要在探索和建构艺术方法论的同时，从中国传统文化的世界观和人生观中去寻找支撑，只有这样，中国艺术方法论的建构才能够成为这样一项重要的工作：将传统文化中合理的诉求，用当代视觉语言的形式进行转换，从而服务于人与自然、人与社会和谐共处的一种境界。这才是中国当代艺术内在的价值诉求。这项工作是一个庞大和复杂的系统工程，艺术批评方法论的建构是其中的一个具体子单元，但是又和系统中的所有环节都相关联，需要几代人的努力才能逼近。我在2006年曾撰文表达了自己对这方面的思考，并专门策划了展览，可以作为本文的补充参考。⑰

价值观问题与体制化问题

尽管今天文化行政主管部门也开始考虑拿什么样的文化形态，什么样的语言形态，什么样的语言形式，哪一类的价值取向的艺术作品来进行国际上的文化交流，但是从学术研究和分析的角度来看待价值观问题，我认为学术界应该注意以下几个方面：

一、中国当代艺术价值观的问题和国家政体的概念没有直接的关系

当我们在研究和阐述中国当代艺术的创作时，虽然在叙事上是在表达自己与所处的真实生存状态的想象性关系，是在想象的层面上建构中国的形象，但是，我们不可以倒过来说，我们要以国家的形式来"打造"出一个什么中国当代艺术的国际形象以及其所代表的价值观，这样做过于简单化。因为不同文化的内在根据，虽然有共通性，但由于文化在历史上的差异性，其内在根据的运作、显现方式有着各种不同的侧重面。就艺术家的创作而言，往往是个人化的，其个性的要求使得作品的侧重面各不相同，不应该也不可能有统一的价值观模式。在思考价值观的时候，我们不能够用近代才形成的民族国家这个概念框架来厘定，这样的话，就会把价值观多元化的要求这个问题狭隘化和政治化了。对此我主张应该更多地以民族的历史和文化来讨论价值观。

二、价值观的问题体现在当代艺术发展的实践中间

价值观问题的复杂性使我们认识到，与其动辄视之为尚方宝剑，对当代艺术现象不做认真深入的学术梳理和批判，仅仅用缺乏"精神性"或者"灵魂"这样模棱两可的词语来剪裁，不如把它还原到中国

当代艺术发展实践的语境当中，从而能够更好地认识和理解价值观的丰富含义。

首先，价值观的判断和依据应该来自对艺术内部创新的追求和对艺术外部各种约束力量的抵制与超越。也就是说，你在判断一件艺术作品创作的时候，我们要从具体的艺术实践出发作出中国当代艺术的价值判断，主要看它在内部的结构和语言方面有没有创新，以及作品和外部的制约力量之间是何种关系。比如我们面前有一类艺术，它是抵制商业化的，那么我们就要分析在这个物质化、商业化、商品化的社会里面，它如何能够超越物质化社会的包围而获得一种艺术上的转换，这种分析就是一种价值判断，也就是对这个作品有没有价值生成的一种判断。

其次，要区别价值观的个体性与共同性。价值观本身与国家意识形态的规范性没有直接的关系。价值观里面有个体性，价值观里面还有共同性。前面讨论到，价值观作为一种文化状态下的存在，必然造成其不纯粹性和复杂性。不纯粹性和复杂性主要原因就是个性化要求。为什么这么说？因为价值观对于个人，特别是对于艺术家个人来说就是个体的自由表达和个性的自由。所以个体性是价值观很重要的一个考量依据。价值观的个体性还有价值个体彼此之间的共同性，这些考量依据是和国家意识形态的规范性相区别的。价值观的个体性体现出一个民族或者一个国家精神生活丰富和鲜活的生命力。也就是说，价值观的形成和展开来自于具体的艺术活动，来自于对中国艺术现实的反应，不是人为操作和预先控制的产物或者是预先能够组织、制造的产物。因此，所谓通过文化行政手段来梳理中国当代艺术的国际形象和价值观的思路，只能是一种国家文化的策略。这种国家文化的策略，应侧重在归纳和梳理，而不能够侧重在刻意的制造和推广。

最后，中国当代艺术价值观的形成，我们要看到它的长期性、发展性和多样性。对于今天中国艺术来说，我们吸收了那么多西方的艺术流派、艺术媒介、艺术思想，包括我们吸收了那么多先进的展览运作、策划营销的模式，这种合和之后更重要的是能够再生，即如何能造血，自我造血。我曾多次提出中国当代艺术其实是在经历着合和与再生的重要过程。⑧这不仅指传统文化资源的整合，也指西方现代当代文化资源的整合。所以这种合和不是一个简单单方面外在的拼接，而是一种内在的化合。这个化合本身就是一个过程，是一个长期性的过程。同时，它应该展现更加广阔、更加丰富的当代人的精神世界和精神体验。所以它在价值样态上应该也必然是多样性的。

2009年7月6日—8月9日

注释：

① 拙文首发于《批评家》第2辑，四川出版集团、四川美术出版社，2008年版。后国内各专业艺术网站转载。

② 参见《叙事中国——第四届成都双年展图录》，河北美术出版社2009年7月版。

③ 同上。

④ 张晓凌《再塑中国当代艺术的国际形象："中国当代艺术走出去"现状反省及战略构想》，《光明日报》2009年3月12—13日。

⑤ 关于对被无限放大的当代艺术的深切担忧，正是本文开始时提到的上述拙文的主旨。参见本文注1。

⑥ 关于这个背景的更详细情况，请参考拙文《本土情境与全球话语：一个中西方二元对立的预设？》，《艺术新视界——26位著名批评家谈中国当代美术的走势》，湖南美术出版社2003年版。

⑦ 参阅2009年初"99艺术网"等网站关于"灵魂的冬天"的争论，及朱其、沈其斌在《艺术地图》2009年第4期（总第22期）上的"当代艺术的灵魂问题"的对话。

⑧ 见高名潞《意派论：一个颠覆再现的理论》（广西师范大学出版社2009年版）书名及其书中内容。

⑨ Anderson, Benidict. Imagined Communities: Reflections on the Origin and Spread of Nationalism, London: Verso, 1983.中译本:本尼迪克特·安德森《想象的共同体:民族主义的起源与散布》,吴人译,上海人民出版社2003年版。

⑩ 笔者在6、7年前就曾对中国不少艺术界学者在面对世界经济一体化的时候,总是人为地把文化摆到了一个静止的、不动的结构里来看待这种思维模式,提出了批评建议,现在看来,在价值观问题上,国内艺术界的一些观点也存在着类似的危险。参见本文注6。

⑪ 萨义德《东方学》,三联书店1999年5月北京第1版,第425—426页,第431页。

⑫ 《左传·宣公三年》,转引自《中国美学史资料选编》,中华书局1980年版,第2页。

⑬ 参阅葛路《中国古代绘画理论发展史》,上海人民美术出版社1982年版,第5—7页。

⑭ 唐·张彦远《历代名画记》,人民美术出版社1963年版,第1页,第134页。

⑮ 参见本文注2。

⑯ 参见王林《除了既得利益,我们还剩下什么——中国当代艺术二十年祭》,《上海文化》2009年第3期。

⑰ 参见高岭《中式意识——审美营造的当代复兴》,四川出版集团、四川美术出版社2006年版。展览地点为北京今日美术馆。

⑱ 例如,参阅本文注17。

超民族主义：中国当代艺术新思潮
TRANSNATIONALISM: NEW IDEAS OF CHINESE CONTEMPORARY ART

改革开放以来，随着中国政治、经济和社会的急剧变迁，中国当代艺术也处在日新月异的嬗变之中。在经历了以思想启蒙、观念更新为旨意的"'85新潮"美术运动，尤其是进入经济全球化时代之后，中国当代艺术家迅速摆脱了对西方现代主义和后现代主义艺术表面形式的模仿，一步一步走到了与西方艺术家平起平坐，独立创造的新阶段。在艺术语言不断完善、艺术风格日益丰富的同时，中国当代艺术在精神内涵的表达上也在不断向新的深度和高度迈进。透过纷繁诡谲、林林总总的艺术创作现象，中国当代艺术在价值取向上越来越鲜明地呈现出一种崭新的倾向，这就是虽不十分张扬但却极为强劲的"超民族主义"思潮。

一、中国当代艺术中超民族主义思潮的形成

"超民族主义"就是英文的Transnationalism，这个英文单词也可以译为"跨民族主义"，它的同义词是"世界主义"和"国际主义"。"超民族主义"不是"反民族主义"，它与"民族主义"不在同一个概念层面，"超民族主义"是对"民族主义"的跨越和超脱。

对于中国当代艺术而言，超民族主义不是一种风格流派，也不是一种政治或社会学上的乌托邦幻想，而是一种广阔的文化视野和崇高的价值取向，甚至将是中国当代艺术发展的一个崭新阶段。然而，尽管具有超民族主义价值取向的中国当代艺术家日益增多，带有超民族主义精神内涵的艺术作品也已不胜枚举，但尚没有艺术家声称自己是超民族主义者，也没有人明确地提出超民族主义的文化主张。超民族主义思潮最早是作为中国当代艺术一系列运动的潜流，继而随着经济全球化进程的不断深入而逐渐显现、日益壮大的，作为一种艺术观念，超民族主义在潜移默化中进入了中国当代艺术家的意识，并在相当一部分中国当代艺术家中成为了一种自觉的价值观。确切地说，超民族主义是一种已经存在多年、尚未给予理论梳理的艺术创作现象。

王端廷

应该说，超民族主义作为一种文化必然性和新的文化基因在"五四"新文化运动时就被植入到了中国文化的体内，但是，对于一个闭关自守达数千年的中国农耕社会，民族主义意识根深而蒂固。更重要的是，文化上的民族主义和政治上的爱国主义在中国人的意识里始终水乳难分地纠缠在一起，在很多时候，文化上的民族保守主义就等于政治上的爱国主义，因此，在西风东渐的近现代历史上，中国文化界时常出现鲁迅所说的"搬动一把椅子也要流血"的政治事件。在文化上，我们长期将中国和西方对立起来，但我们又不得不面对这样一个事实，中国文化的弱势地位导致了中华民族生存的危机，为了救国强国，中国人又不得不学习、吸收和引进西方强势文化，应该说，我们对西方文化的借鉴和接受是一种被动、被迫的选择。

在一种极为矛盾的心理状态下，中国人在吸收西方文化时采取了各种各样的折衷对策和实用主义方针，什么"师夷之长技以制夷"、"中体西用"、"取其精华，去其糟粕"、"中西融合"以及"反对全盘西化"等，都成为中国人抵抗西方文化时且退且守的文化策略。总而言之，我们希望在达到富国强兵的目标时最大限度地保持中国文化的纯粹性，尤其要千方百计地维护中国文化的灵魂和中国人的传统价值观。在艺术领域，虽然我们早在近百年前就引进了西方油画，但油画的"民族化"始终是中国油画家试图解决的首要课题。因此，直到改革开放之前，超民族主义对中国人而言一直是一个未曾触及的文化命题。

1978年的中国共产党十一届三中全会将中国人的生命课题从阶级斗争转向经济建设，并确立了改革开放的基本国策，这不仅带来了振兴中华的物质基础，而且引发了文化上的深刻革命。在艺术界，西方现代主义和后现代主义艺术思潮的涌入激发了轰轰烈烈的"'85新潮"美术运动，这场运动不仅给了中国传统艺术以颠覆性的冲击（李小山在1985年发表的《当代中国画之我见》一文中断言"中国画已到了穷途末日的时候"），更是对更为切身的本土化了的社会主义现实主义艺术的反动。尽管"'85新潮"美术运动的意义更多地体现在对既有艺术规范的动摇，而非建立新的艺术秩序，并且从表面上看，它的社会学意义大于艺术本身的创造价值，但在观念层面，它将艺术的"民族化"和"泛政治化"作为反对的两个主要方向，这就为后来的超民族主义艺术的成长提供了丰沃的土壤。

"'85新潮"美术是一场学习和追随西方现代主义与后现代主义艺术的运动，其动机在于借他山之石攻自己之玉，用西方的良药医治中国文化自身的疾病。它采用的仍然是"五四"运动时就已提倡过的"拿来主义"策略，两手伸向国外，眼睛盯着国内，其目的在于缩小中西文化的差距，弥平中西文化的鸿沟。

"后'89"美术摆脱了对西方现代主义和后现代主义艺术语言的表面模仿，而具有了自我表达意识，但以"玩世现实主义"为代表的"后'89"美术仍然反映的是中国人特定时期所特有的精神状态，方力钧和岳敏君绘画作品中那一张张雷同、冷漠而又麻木的笑脸与其说是愤世嫉俗、玩世不恭，不如说是自我放逐、自甘沉沦，这样的形象带有极为鲜明的民族特征，它无疑是20世纪90年代中国人生命状态的写照。

1989年东西德的统一、前苏联的解体和东西方冷战的结束，开启了世界政治历史新篇章。紧随着意识形态对立的解除，全球贸易协定出台，世界进入经济全球化的崭新时代。对于中国来说，2001年12月10日正式成为世贸组织成员，不仅意味着中国经济自此成为世界经济有机体的组成部分，而且极大动摇了潜藏于中国人内心深处的的观念意识。正是从那时开始，中国人从切身的生活中体会到自己与世界息息相关；也正是从那时开始，越来越多的中国艺术家自觉或不自觉地将目光投向了全世界和全人类。

我们看到，一方面，经济全球化和信息网络化为超民族主义思想观念的产生提供了物质条件；另一方面，一如英国工业革命初期曾出现过工人捣毁机器的反抗行为，在经济全球化浪潮来临之初，包括中国在内的许多第三世界国家的民众也产生过抵触情绪。20世纪90年代以来我国学术界关于"后殖民主义"、"民族文化身份"的讨论反映出一些人对"经济全球化"带来的"文化同质化"的焦虑和抗拒。与此同时，经济全球化浪潮作为一种反作用力，导致了"国学"的复兴。然而，这种种对"全球化"的抵抗不仅软弱无力而且徒劳无功，中国最高领导层相当快地取得共识："改革开放过程中遇到的问题必须通过深化改革开放来解决，倒退是没有出路的"。由经济全球化引发的世界文明式样或格局的重构问题对全球个文化圈而言都是一个全新的课题，这使中国人第一次获得了与世界各国人民平等参与、共同探索人类生存发展道路的机会和权利。

从实行改革开放到加入世界贸易组织，中国人的社会身份也发生着变化，也正是在这样的时代和社会背景中，中国当代艺术在极短的二十余年内实现了两次巨大飞跃。从此，中国艺术家与世界各国艺术家站在了同一起跑线上；那些以超凡的智慧和独特的创造表达了人类心声和普遍

关切的中国艺术家迅速走上了当代国际艺术的舞台；西方人撰写的"当代艺术史"已不再用"西方"或"东方"这类限定词做地域性的划分，同时书中也越来越多地出现了中国艺术家的名字。

二、超民族主义在中国当代艺术中的表现

超民族主义文化意识在"'85新潮美术"中即已萌芽。虽然"'85新潮"美术在形式语言上普遍显得稚嫩粗糙甚至带有模仿抄袭西方现代主义和后现代主义艺术的痕迹，但这不妨碍一代年轻艺术家们用稚拙的艺术语言表达各种各样的思想观念、表现各种各样的生命主题。在"'85新潮"美术形形色色的创作中有两类作品蕴含着超民族主义意味：一类是呼唤中国人的灵魂、表现生命终极关怀的作品（表现灵与肉的关系），另一类是探寻包括人的心理世界在内的自然和宇宙奥秘的作品（表现自我与世界的关系）。这两类作品所具有的一个共同倾向是超越了当时的中国主流艺术所普遍具有的政治实用性和功利性特征与社会学价值，与当代人类的普遍关怀相契合。前者以丁方的《悲剧的力量系列》和王广义的《后古典系列》那些借用耶稣和其他《圣经》人物形象来表达悲剧意识和宗教情怀的油画作品为代表。那时丁方就说过这样的话："贝多芬、巴赫、亨德尔那些伟大而神圣的音乐是唯一能使我忘却一切的，尤其《神曲》中那种令人心碎的宗教情感，于今天这个精神普遍衰微的时代是再缺乏不过了，我有时觉得我是负罪的，我是顶着这个民族深重的罪孽去祈求民族灵魂得到拯救。"后者则以为数众多的抽象（尤其是几何抽象）主义和超现实主义绘画为代表，舒群的《绝对原则系列》、曹晓东的《事情就这样成了系列》和王鲁炎等"新刻度小组"艺术家的作品均属此列。

如果说超民族主义文化意识在"'85新潮"美术家的头脑中还不够自觉，那么在20世纪80年代后走出国门、留学或旅居欧美的中国艺术家那里，超民族主义意识则变成了一种普遍而主动的追求。

陈丹青是带着因《西藏组画》一展成名的荣耀于1982年前往美国的，但一下飞机他就发现，尽管中国人和美国人每天看到的是同一个太阳，但无论是物质上还是精神上，两国人民的生活都有天壤之别。他画中的藏民或许会让美国人联想到美洲土地上的原住民印第安人，这些来自遥远而古老、奇异而陌生世界的艺术形象不可能令他们产生深切的认同感。陈丹青没有因美国人"有眼不识泰山"而愤世嫉俗，当他领悟到他的背景与美国文化之间的落差何在时，他意识到应该改变的不是美国而是他自己，这之后，他告别了曾经为他带来巨大成功的人道主义现实主义风格，而进入了创作上的后现代主义艺术阶段。陈丹青20世纪90年代创作的《并置系列》将当代人物场景与西方古典名画以三联画的形式拼合在一起，看似波澜不惊，而隐在画面朴素的写实语言之下的，却是陈丹青艺术观念的自我颠覆与文化身份的自觉转换的漫长心路。2007年2月10日在一同出席于中国美术馆召开的"适应与革新：美国艺术三百年研讨会"时，陈丹青的发言令我至今记忆犹新："在纽约居住的18年间我从来没有忘记自己是一个中国艺术家，现在当我回到中国发现自己是一位'美国艺术家'。"从这句话中可以解读出陈丹青对自己在两个文化之间游走而渐渐超越区域文化立场的自觉和自省，这也令我们得以直观一个超民族主义者是如何生成。

谷文达是"'85新潮"美术运动中最活跃的人物之一，当他1987年到达美国时，他的艺术是一个由尼采哲学和禅宗思想、弗洛伊德潜意识学说和中国文化大革命的历史记忆、中国山水画和书法、装置艺术和行为艺术等各种元素组成的复杂混合体。虽然他破坏汉字的造型、消解汉字的意义和他将观众带入其创作过程的展览方式都符合西方后现代主义及其解构主义美学原则，但对于美国观众而言，参观这样的艺术展览所获得的最多也只是一次东方神秘主义文化的猎奇体验。真正使谷文达赢得国际声誉的是他1993年开始创作的《联合国人发装置系列》作品，他收集各民族各人种各颜色的头发，用这些头发在25个国家就地创作形态各异的装置作品。正如意大利当代艺术评论家莫妮卡·萨尔特所说："从象征和隐喻的角度，人发显示个人主观的一面，同时，关于人的地位和作用，在社会中扮演的角色、在互相关联的历史的、社会的、思想意识形态的、政治的、宗教的、文化的、种族的、民族主义的、现代革新的、传统保守的等等方面，人发中也包含着可读的信息。"《联合国人发装置系列》作品标志着谷文达的艺术实现了从民族主义向超民族主义的飞跃。

徐冰1988年在中国美术馆展出的由自创汉字组成的巨型卷轴和书籍装置作品《天书》虽然也被后来的西方艺术评论家视为对解构主义美学的应和，却始终没有逃脱中国民族文化的针对性，那些不可解读的文字被西方观众看成是对中国传统、制度和历史的批评。自1990年移居美国后，徐冰的艺术便一步一步走向了超民族主义的广阔天地。1999年，徐冰创作《新英文书法》，将英文字词以中文偏旁部首的造字方式重新组合，成为特殊的英文方块字，这件带有试图打破中西文化隔阂意味的作品，使徐冰获得了美国麦克阿瑟"天才奖"和50万美元的奖金。2004年，徐冰以"9·11"遭恐怖袭击而坍塌的纽约世贸大厦废墟的尘埃所作的《尘埃》获得英国威尔士阿尔特斯·蒙蒂（Artes

Mundi）国际当代艺术大奖，评委会主席奥奎称赞徐冰"是一位能超越文化的界限，将东西方文化相互转换，用视觉语言表达他的思想和现实问题的艺术家"。2007年，徐冰利用世界各国公共场所通用的示意符号图案创作出一系列题为《地书》的作品，正如他自己所说："《天书》谁也看不懂，而《地书》则是各个民族、各个语种的民众甚至文盲也能明白的。事实上，这两种书有共同之处，不管你讲什么语言，也不管你是否受过教育，它们平等地对待世界上的每一个人。《天书》表达了我对现存文字的遗憾，而《地书》则表达了我一直在寻找的普天同文的理想。"从《天书》到《地书》，徐冰的艺术实现了从民族主义向超民族主义的升华。《圣经》中"巴别塔"的故事告诉我们，人类语言、文字和文化的差异源于上帝的意志，因此，在我眼里，徐冰的《地书》不啻是对一开始就困扰人类的"巴别塔魔咒"的破解。事实上，全球化就是对上帝意志的背叛。

张洹是一位行为艺术家，他的创作媒介是人体（他自己和他人的身体）。在1998年前往美国之前他就创作过《为无名山增高一米》、《12平方米》（他将自己的身体涂满鱼内脏和蜂蜜，坐在北京东村一个臭气熏天、苍蝇飞舞的公共厕所里一个小时，让苍蝇爬满全身）和《为鱼塘增高水位》等行为艺术名作。旅居美国后，他先后创作了《我的美国》、《我的澳大利亚》和《卧冰》等享誉国际的行为艺术作品。不管是出国前还是出国后，张洹的所有行为艺术作品都与意识形态无涉，也无关中国的文化和历史文脉；这些赤裸的身体既超越了民族，也超越了种族；人与环境的关系亦即人的生存处境是这些作品所要表达的共同主题。正是由于对人类普遍命运的关注使得张洹的行为艺术受到了各国民众的认可。

蔡国强往往被看成是靠贩卖中国四大发明之一的火药而成功的中国艺术家，的确，焰火是蔡国强最重要的艺术媒介，2008年北京奥运会开幕式证明他已将焰火玩到登峰造极的地步。他的《草船借箭》和《收租院》也只有谙熟中国文化历史的人才能品出个中意味。但是，长期在海外生活、饱受国际文化熏染的蔡国强也越来越自觉地将艺术表现的主题扩展到整个人类的现实生活和精神世界。他的《不合时宜：舞台之一》取材于层出不穷的自杀式人体炸弹事件，他用9辆不同位置、不同姿态的汽车来表现一辆汽车从行进、爆炸到翻滚、解体的全过程，暗喻生命毁灭的悲剧。《撞墙》则用99匹狼冲向一堵玻璃墙而纷纷倒毙的大型装置作为东西方冷战终结的寓言。2006年4月在纽约大都会艺术博物馆举办的"透明纪念碑"蔡国强个人艺术展中，他展出了一件名为《走开，这里没有什么好看的》装置作品，这是两条仿真的鳄鱼，张着大口，看似非常凶猛，但它们的身上却如刺猬般密密麻麻地插满了各种各样的小刀，这些小刀是从机场安检处收缴来的违禁物品。蔡国强说："我想表现的其实是最强的东西有时候也是最脆弱的。我们这个世界所拥有的原子弹威力足以把地球毁灭许多次，但我们害怕却是旅客怀里的小刀。这是很幽默的事。"而美国评论家阿瑟·丹托则从中看到了超民族主义情怀，2006年6月他在《美的滥用》中文版序言中写道："最近，我看到了蔡国强制作的非常写实的鳄鱼。他把机场没收的尖锐工具粘到作品上。它们都是都市化很强的作品，它们意味着艺术家到处走来走出的世界，它们是没有国界的作品。当它成为艺术，我们就都是这同一个世界的一部分。"

除了上述出国前已经成名的旅美艺术家，那些改革开放后负笈留学于欧美的年轻学子更是在西方文化氛围的熏陶及其西方艺术语言的训练中潜移默化地养成了超民族主义的文化意识和艺术观念。近年来这些长期在海外学习和生活的华人艺术家纷纷回到祖国举办展览，虽然他们千人千面，其艺术往往带有留学所在国的艺术特色，但这些"海归"艺术家都带有一种共同的倾向，这就是他们的艺术很少标榜中国文化立场，在他们的作品中多见个人心灵的表现，而很少刻意运用中国元素。不同于此前几代油画家将实现油画的"民族化"作为自己艺术创作的重要使命，新一代"海归"艺术家的绘画具有鲜明的"去民族化"特征。这一特征不仅体现在作品的题材与主题上——它们并不限定描绘中国的人像、风物和现实生活，更体现在绘画的语言和技巧上——从这些作品中，我们看不到经过"感性主义"思维方式过滤的中国本土油画惯有的"意象性"特征。不管是具象绘画还是抽象作品，这些"海归"艺术家的作品具有纯正地道的西方油画品质。

王健1986年赴美留学，接受了7年系统而严格的美国学院艺术教育，获得艺术硕士学位（MFA）。在他的导师、美国西部"湾区具象画派"画家曼纽尔·纳利（Manuel Neri）和温尼·提伯（Wayne Thiebaud）等人的指导下，自工科大学教师转行的王健凭其智慧和艺术天赋掌握了纯正的油画语言，成为美国西部"湾区具象画派"第三代画家中的一个代表人物。"湾区具象画派"兴起于20世纪40至60年代，由加利福尼亚美术学校的一群年轻教师创立，作为对当时风头正劲的纽约抽象表现主义的反动，该画派强调绘画"回到现实和自然"，致力于恢复被抽象表现主义者的激情打碎并抛弃了的形象。它借鉴抽象表现主义的技法，却把这种技法用于现实题材的描绘，从一定意义上说，它是写实主义和抽象表现主义相结合的产物。直接对景写生，色彩明亮厚重，注重大块

面的处理，是"湾区具象画派"作品的基本特征。在王健的油画作品中，不管是风景还是静物，不管是人体还是肖像，所有的形象都化作了浓稠的色彩、奔放的笔触和有力的塑造。可以说，在艺术上王健不仅学到了地道的西方语言，而且掌握了美国西部的方言，他也因此获得了美国艺术界、美国艺术市场和美国观众的承认，而且成功地融入了美国社会。

1987年赴奥地利留学并获得硕士学位的刘秀鸣，受她的导师、"维也纳幻想现实主义"画派代表人物之一阿力克·布劳尔（Arik Brauer）的影响，其绘画被深深地打上了"维也纳幻想现实主义"的烙印。鲜艳的色彩、梦幻的风景和澎湃的激情，使得她的绘画既具有克里姆特式的装饰趣味，又具有超现实主义的精神内涵。在她的幻想风景中，我们完全感受不到中国传统山水画所追求的那种天人合一的意境。

杨凯1987年进入法国巴黎国立高等美术学院皮埃尔·卡隆（Pierre Caron）教授油画工作室，4年的学习和20多年旅居巴黎的经历使杨凯的作品淡化了源自中国西北故乡的粗犷豪放的风格烙印而表现出法兰西文化细腻优雅的品格，。巴黎风景几乎是他在法国20多年绘画创作的惟一题材，与这些巴黎风景画相匹配的是一种"新野兽主义"风格。

先后留学于圣彼得堡和纽约的武明中在画布上虚拟出一种装着红葡萄酒的透明玻璃人像，他将所有的人物，不管是不知名的普通人，还是各国元首、娱乐明星、商业巨贾、社会名流或大众偶像，都画成了玻璃制品。这样的透明玻璃人像是对人性的探寻和质疑，它隐喻了生命的脆弱，并且这种脆弱具有普遍性，不分民族和种族，无论男女老幼，脆弱是当今世界

所有生命的共同特征。武明中将画中人物都诠释成玻璃人，还有更深层的涵义，这就是，人是简单的也是同质的，不仅人与人的物质构造没有区别，每个人的需要和欲望也都是相同的。可以说，武明中的玻璃人像是对全球化工业文明时代脆弱化、物质化和同质化的人类生命的一种精确写照。通过对当代世界普遍人性的探寻，武明中到达了超民族主义的思想高度。早在2004年，武明中就说过这样的话："我认为，中国艺术家不必彰显自己的民族身份或民族符号，应该凸现个性化色彩，个人体内流动着民族的血液，不必加以强调，艺术家应该具有国际的胸怀和个人的视角。"

旅居美国多年的何建成把探究生命和宇宙的起源作为自己表现的主题，他的绘画以超现实的风格描绘的石头和宇宙景象，其视点超越了人间社会，超越了感觉世界的局限，为世人呈现出宇宙初开、乾坤诞生的幻想图景。

当然，具有超民族主义文化意识的艺术家并不仅仅限于"海归派"（甚至我们看到，并不是所有"海归"艺术家都具有超民族主义文化意识，从西方归来的文化人中亦不乏激烈排斥西方文明的"极端民族主义者"），许多在改革开放的社会文化环境中成长、在经济全球化时代走向成熟的中国当代艺术家都具有超民族主义文化视野。虽然没有海外留学与生活的经验，并未妨碍那些思想深刻、感觉敏锐的艺术家透过中国混杂而又急变的现实生活准确把握世界文明的发展脉搏。

钟飙是20世纪90年代后期走上中国当代画坛的年轻画家，他的绘画是对全球化时代多元并存的后现代文化景观极为准确和生动的呈现。在钟飙的画中，古今没有距离，中外没有阻隔，历史与现实没有差别，记忆与幻想没有分野。他将电视和影像视觉经验运用于绘画创作，通过虚实的对比、色彩的反差、空间的分割和多个透视角度的同时运用，将各种随机或偶然出现的古今中外人物形象并置在同一画面中，不仅打破了时空的界限，也突破了文化的屏障，使有限的平面空间承载了巨大的信息容量，获得了强烈的视觉张力。

作为近几年迅速成名的年轻雕塑家，陈文令既是消费社会热烈的拥抱者，又是消费文化冷静的批判者。他的雕塑通过拟人化的猪和狗将消费时代动物性欲望极度膨胀的人类形象刻画得淋漓尽致。物欲膨胀、灵魂堕落不仅仅是中国人的精神疾患，更是整个当代人类社会的普遍症状，因此陈文令对人性的批判也具有超民族的普适性意义。

在超民族主义艺术创作阵营中，通过对艺术语言的极限性追索来传达包括人的心理和生理在内的宇宙宏观和微观世界之奥秘的抽象艺术扮演着不可或缺的角色。如同没有"中国的数学"、"中国的物理学"和"中国的化学"一样，严格的、字面意义上的抽象艺术（Abstract Art）也是某种具有普适性的、自洽的视觉语言符号系统，其目标是在具象或者说现象之下提炼出事物的本质，于是其作品的"抽象性"的实现必将以提纯语言，直至排除掉事物的所谓社会性和民族性这类属于现象范畴的属性为前提。在中国当代画坛，杰出的抽象画家既有像谭平、陈若冰、马树青和孟禄丁这样的留学旅居欧美的"海归派"，也有像丁乙、徐红明和周洋明这样的在中国本土成长起来的艺术家，他们从西方现代艺术的历史知识、中国工业文明时代的现实生活经验和自我精神的内在感知中体会到抽象艺术的精髓，创作出既具有超民族主义的理性内涵又带有个性化风格特征的抽象绘画作品。

顺便一提的是，高名潞把中国当代抽象艺术用一个"意"字来概括，称之为"意派"。对此我不能苟同。我认为，抽象艺术的精髓是"理"而不是"意"。所谓"意派"仍然是"写意"的同义语，仍未超越老庄哲学中天人合一，心物不二的世界观和感性思维层次，没有走出中国传统写意绘画对对象的经验性的认知与表达。从某种意义上说，如果仍旧停留在将"意"作为抽象艺术的追求目标的层面上，那么，我们实际上还没有摸到那个有异于我们传统文化所能提供的精神体验的、我们文化范畴之外那个文明所定义的"抽象艺术"的边，也就是说，我们离那个抽象艺术的本原和实质还差十万八千里，如果不去认真辨析这两类"抽象艺术"迥异的精神内核，漠视和放任这一概念上的混淆的话，则等于是我们作为一代人放弃了让我们的本土艺术不断吸取新的元素以辉煌壮大的责任。不可否认，中国确实有那么一些艺术家仍然在用油彩来画中国传统的写意画，更有很多画家想在水墨里面找出路，力图通过写意性的大泼墨来附会抽象绘画，他们的创作的确可以用"意派"来概括，但是必须清醒地认识到，这类创作跟西方"抽象艺术"不啻南辕而北辙。在我看来，所谓"意派抽象艺术"就是一种"伪抽象艺术"。

三、作为世界文化潮流的超民族主义

随着人类文明的进步和社会的发展，人类社会的组成单位逐渐扩大，从一定意义上说，这一组成单位的大小是衡量人类社会进步或落后的首要标志，而其不断扩大或人类文明不断进步的动力来自人类生存和发展的需要。

自上帝创造亚当和夏娃开始，人分男女，性别是人类的首要自然属性也是人类的基本社会属性。亚当与夏娃结合并生下儿子塞特之后，人与人的关系变成了家庭成员，家庭是人类社会群体的基本单位。在原始社会，每个人又都是氏族的一员。进入奴隶社会，阶级出现了，阶级成为人的重要社会属性。随着国家的建立，人类社会组成单位进一步扩大，国别属性（相当于现代国家中公民的国籍）成为个人社会身份的重要标识。由于国家基本上是建立在民族基础上的，因此民族与国家具有同义性。事实上，在西方，国家和民族原本就是一个概念（nation）。除了民族或国家之外，根据肤色划分的种族是人类最大的组成单位。

在性别、家庭、氏族、阶级、民族（国家）和种族等社会组成单位中，民族或国家是与每个个体生命最为密切的利益共同体。迄今为止，民族是人类生存的最坚强的依托，人类为生存和发展所进行的种种政治和经济活动莫不以民族为单位，不管是人分九等还是自由平等博爱，都是在民族（国家）范围之内实行的社会生活法则。民族战争往往是比阶级斗争更为残酷的生存竞争和更为血腥的生命浩劫。个人与民族的关系不仅是休戚相关，而且是生死与共。个人的命运与民族的兴衰密切相关，在危机时刻，尤其是战争时期，为了民族的生存，古今中外历史上涌现过很多"舍生取义"的民族英雄，而那些智慧超群、才能过人并为民族的生存和发展做出杰出贡献的伟人总会受到全民族的拥戴。由于生死相依的密切联系，一个民族（国家）的所有成员不仅有着趋同的社会行为，甚至会产生趋同的观念意识，这就是一个民族的生活方式，也就形成了一个民族的特有文化。对民族的依赖，铸就了每个个体的民族主义集体意识。

虽然在人类文明的早期，世界各民族的先哲都有"世界大同"或"四海之内皆兄弟"的理想，但在生产力水平远远难以满足人的物质欲望、特别是各民族政治经济发展不同步的情况下，这样的理想只能称之为"乌托邦"（Utopia，"乌有之乡"）。18世纪60年代肇始于英国，随后在法、德、美等国开展的工业革命以及世界市场的日益扩大为人类实现"世界主义"理想提供了现实基础。

歌德在1827年1月第一次提出了"世界文学"的概念。在与爱克曼的谈话中歌德说道："民族文学在现在算不了很大的一回事，世界文学的时代已快来临。现在每个人都应该出力促使他早日来临。"当时的他就意识到由于科技的进步和生产力的提高，"人类在阔步前进，世界关系以及人的关系的前景将更为广阔"。他在《论文学艺术》一书中进一步阐明了他的普适价值观："人的普遍的东西在所有的民族中都存在，但如若是以陌生的外表，在远方的天空出现，这就表现不出本来的利益；每个民族最特殊的东西只会使人诧异，就像我们还不能用一个概念加以概括的，我们还没有学会把握的一切别具特色的东西一样，它显得奇特，甚至常常令人反感。因此，必须从总体上看待民族的诗，因为只有这样才能看到和判断出，是丰富还是贫乏，是狭窄还是宽广，是根底深厚还是平庸肤浅。"

继歌德之后，1848年2月，马克思和恩格斯在《共产党宣言》中更明确地宣告了"世界文学"产生和世界文明趋同化的历史必然性："资产阶级，由于开拓了世界市场，使一切国家的生产或消费成为世界性的了。……物质的生产如此，精神的生产也是如此，各民族的精神产品成了公共的财产。民族的片面性和局限性日益成为不可能，于是有许多民族的和地方的文学形式成了一种世界的文学。资产阶级，通过对所有生产工具的迅速改进，通过极为便捷的交通工具，将所有的，即使是最不开化的国家拖入文明。便宜的货物价格是它用以摧毁整个中国城墙，亦即用以迫使那些对外国事物怀有强烈和顽固的憎恶之情的野蛮人放弃抵抗的重炮。它迫使所有国家采用资产阶级生产方式，如果违背就以灭绝作惩罚；它迫使它们将那个叫做文明的东西引入到它们的国家……一言以蔽之，它要按照它自己的形象创造一个世界。"

恰恰就在马克思描绘出共产主义的美好蓝图之后，20世纪发生了两次世界大战，制造了人类历史上最惨烈的生命浩劫，而作为战争罪魁之一的"德国民族社会主义工人党"（Nationalsozialist，有人错译为"德国国家社会主义工人党"，简称"纳粹"Nazi）使民族主义变成了令人最恐惧的恶魔。如今，尽管在德国和奥地利社会中仍存在"新纳粹主义"势力，但它会受到政府和主流意识形态的坚决抵制。

有道是"文明总是诞生在血腥的产床上"，正是在两次世界大战硝烟散尽之后，欧洲交战各国吸取战争造成的生命大规模毁灭的教训，化干戈为玉帛，迅速走向了联合。从"欧洲共同体"（1957年建立）到"欧洲联盟"（1993年诞生），欧洲完成了从经济到政治的一体化进程。欧洲步入了超民族、超国家的社会。曾经兵戎相见、你死我活的不同国家的民众如今亲如兄弟、同舟共济。各国之间没有边防、没有海关而能畅行无阻是我等外国旅居者在欧洲旅行时感到的切身便利。对于欧洲人来说，欧盟不仅仅意味着国与国之间有形屏障的消除，更意味着各国民众之间精神的交融和价值的认同。当然，欧洲人之所以能够较早萌生世界主义意识并最早结成跨国联盟，是建立在相同的文化、语言根源、宗教信仰、世界观和思维方式之上。

欧盟的建立为全世界树立了超民族主义生活方式的榜样，而真正使超民族主义价值观念渗透到世界各个角落的直接动因则来自20世纪90年代开始的全球经济一体化。除了相同商业产品的消费，交通和通讯技术的高度发展所带来的便捷的人员往来和信息共享也为各国民众的超民族主义文化意识的形成提供了现实条件。正是由于交通和信息技术的空前发达使得地球变成了小小的村落，人类从来没有像今天这样感到地球的狭小，也从没有像今天这样意识到地球的脆弱。工业文明给人类带来了良好的生活质量，也给人类的未来生存带来了空前的威胁，诸如温室效应、臭氧层破坏、物种剧减和生态失衡等灾难正是工业文明的负面效应，而这些危机却不是一个或少数国家所能孤立解决的，要想求得个体和民族的生存需要全人类的同心协力。从这个意义上说，超民族主义是人类一种新的实用主义生存策略。

作为世界主义的缔造者，又由于早就拥有了超民族、超国家的生活经验，欧美各国在经济全球化的生存环境中游刃有余，而像中国这样曾经长期保守的国家则可能需要付出更大的代价、花费更多的学费才能掌握全球化条件下的生存本领。

在经济全球化时代，世界艺术既呈现出多元化的局面，又表现出同质化的趋势。维也纳现代艺术博物馆馆长爱德贝尔特·柯普（Edelbert Köb）教授写道："放眼世界，经济已经通过商品一体化过程达到了一种世界大同，艺术也在寻求世界大同，这将是必然的结果。带有鲜明特征的民族文化和艺术将被归纳到民俗学的范畴。"①

阿瑟·丹托在《美的滥用》中文版序言中写道："今天，无论怎样与世界相隔离，艺术世界都是一个单一的巨大共同体。也许，这是因为意义的存在定义了艺术，而意义不需要任何特殊的语言。他们被体现在超越了在其他方面把我们分开的语言的对象中。"

在笔者最近翻译的英国评论家朱利安·斯塔拉布拉斯所著《当代艺术》一书中，作者写道："（在当代艺术中）现代主义线性、单向、白人和男性原则彻底崩溃了，取而代之的是一种多元、多向、彩虹般多色人种、由实践和语言组成的碎片般的复杂景观。"的确，此前由西方人撰写的"现代艺术史"是一部主要由西方白人男性艺术家组成的历史，因此我们在翻译出版这类著作时往往会增加"西方"二字作定语，而在近些年西方艺术史论家撰写的关于"当代艺术"的著作中，我们可以看到包括亚洲和非洲、黄种人和黑种人在内的各个民族、各个国家和各个种族的艺术家的创作。在斯塔拉布拉斯的《当代艺术》一书中就辟有专门章节介绍中国和古巴的当代艺术状况，出现在这本书中的中国人除了艺术家谷文达、徐冰、王广义和王晋，还有批评家栗宪庭、高名潞和侯翰如。该书作者还以他2002年在香港看到的"第九届全国美展"部分作品展中王宏剑的描绘民工在月光下等待乘车回家的绘画《阳关三叠》和郑艺的描绘粗俗不堪、在阳光下微笑的农民肖像《凡心已炽》为例，指出了中国一些主流艺术作品不能进入当代国际艺坛的原因："由于缺乏应有的西方参照对象（实际上在西方也有一些同类创作，但包括印象主义在内，都是较为陈旧的风格）和非功利的追求，它们全都带有某种宣传功能，这样的作品与西方作品迥然不同，因而在全球化的艺术系统中难为人知。"我们看到，超民族性已成为当代艺术的重要判断标准之一，换一句话说，当代艺术无国界。

超民族主义艺术意味着在艺术家个

人与世界之间再也没有中介群体，意味着个人的独立和相互之间的平等，它尊重个体生命的价值，鼓励个人创造力的充分发挥，同时标榜人类文化价值的一体性。超民族主义是经济全球化时代的世界文化潮流，虽然对于刚刚结束阶级斗争，等级观念、性别歧视现象仍有普遍存在的中国社会，超民族主义暂时还只是少数文化精英的"超前"追求，但可以相信，随着改革开放的不断深化和全球化进程的不可逆转，中国人会越来越普遍、自觉地认同超民族主义文化价值观。我认为，超民族主义是人类文明的未来。

注释：

① 爱德贝尔特·柯普："奥地利抽象绘画展前言"，《美术观察》，2005年第6期，第115页。

当代世界艺术批评的现状
——2009年 "第三届中国美术批评家年会" 大会发言

THE STATUS OF CRITICISM OF WORLD CONTEMPORARY ART
The Statement of "The Third Annual Meeting of Chinese Art critics 2009"

　　第三届 "中国美术批评家年会" 特邀来自英国伦敦的国际艺术批评家协会（AICA）前主席、现名誉主席亨利·梅里克·休斯（Henry Meyric Hughes）先生就国际艺术批评家协会的情况和国际艺术批评的总体形势进行大会发言。亨利为此进行了非常认真的准备，第一稿文本在会前一周就提交大会。出于现场翻译的考虑，亨利演讲的时间只有15分钟，内容有限，而第一稿文本基本集中在对机构的介绍上。于是我和他再次商量，能否调整一下讲稿内容，更多地补充一些他对当代批评的看法。亨利欣然同意，连夜赶稿，在大会前再次提交了第二稿文本，并依据第二稿进行了大会发言。虽然篇幅不长，但文中提到了当代批评一些非常重要的问题。现将亨利·梅里克·休斯两次发言的中英文本，借助《批评家》一同发表，以飨国内同仁。大会发言稿作为正文，第一稿关于AICA的介绍作为附件附于文后。两次发言的中译本均由李佳女士完成，特此表示感谢。

滕宇宁（2009年批评家年会学术秘书）

亨利·梅里克·休斯

　　感谢尊敬的本届年会主席殷双喜先生、学术主持朱青生教授的邀请，使我有机会在诸位来自中国各地的著名批评家面前发表我的演说。感谢本次大会学术秘书滕宇宁女士，以及所有为本次大会付出努力的同仁，感谢你们出色的工作，以及为我参加本次盛会所提供的诸多便利。

　　在这篇文章的开头，我想请诸位同我重温奥斯卡·王尔德对于犬儒主义者的著名定义，"这种人对每一样东西的价格都了如指掌，对它们的价值却一无所知"。（这也是我们的前首相玛格丽特·撒切尔夫人常被诟病之处。）这里需要加以注意的是，价格与价值（或按诸位的习惯，在马克思主义的术语体系中它们表现为价值与使用价值）的差距正在缩减到几乎不辨彼此的地步。苏富比当代艺术部的主管托拜厄斯·梅耶在一次报道中曾评论如下，"最好的艺术肯定也是最贵的，因为市场实在是太精明了。"

　　此后不久，梅耶最主要的竞争对手，佳士得的同行也发表了类似的观点，"艺术价值是重要的，因为顾客需要明白自己买下的作品优劣何在，他们必须依据某种衡量标尺才能做出抉择：是否购买某位艺术家的作品？花在这件作品上的钱是不是值得？……人们紧紧盯住所谓的基准价格，想方设法使自己的出价和以往的其他出价基本保持一致。"价值？——的确有某些价值！判断力？——但却是某种完全以金钱度量的判断准则！价格与价值之间不断收缩的差距，在那些价格不完全由市场决定的国家，特别容易受到政治、意识形态、经济等外部压力的影响。它反映出这样的现实：随着艺术品价值与价格差别的日益趋近，留给批评家、评论家、史学家或策展人的活动空间也在日益紧缩。同样在不断紧缩的还有我们这些人能够支配的时间：无论是花在个人的专业领域进行研究、分析和批判上，还是仅仅用来思索生存的意义。

正如学者詹姆斯·埃金斯在一篇简短而富于争议性的文章中所指出的，"艺术批评到底怎么了？"。这篇文章引用了哥伦比亚大学国家艺术新闻项目在政府资助下进行的一项调查，据调查结果显示，最受欢迎和最常见的艺术批评是"描述性艺术报道"，其次受欢迎的是相关历史及背景介绍，然后才是所谓"散文式艺术批评"，艺术价值在这类批评中依赖于批评家本身的倾向和趣味（这种形式的艺术批评属于创作领域，我认为它类似于历史上的法国现代诗歌的"字母派"）。很明显，在美国（西欧的情况与之亦相差无几），各种形态的艺术批评中最少见且最少人问津的一类，正是那种试图以某种方式给出关键性判断的艺术批评。这个现象并不难理解。我们不妨想想展览图册上的那种所谓评论文章，无论是出自商业画廊的委托，还是为公立机构而作，都难得在其中找到哪怕一句略带否定语气的评价。艺术批评，就其作为一个学科和一类职业而言（但事实果真如此吗？），关于它的写作实践实在是少得可怜。使人不禁要问：这门学科是否有一个发展历史可以追溯？是否有一些普遍原则可以遵循？从现在的情况看，恐怕我们将不得不承认，这二者目前仍是空白。不仅如此，迄今为止尚没有一套针对这个学科的专业训练方法，更不能提供任何成型的职业发展路线或规划。虽然这个行业里的众多批评家都有艺术史的背景知识，但他们求学时的专业几乎都是文学或其他人文学科（特别是哲学），他们的职业生涯也多以作家、记者，或是过去的报刊评论员等身份作为起步。他们当中极少有人全职从事艺术批评工作，即使有也主要倾向于担任报刊的固

2009第三届
中国美术批评家
年会现场

073

定专栏作家。大多数人要养家糊口，还得靠其他专业的行当，或者从事策展、艺术管理或咨询、公关等具有一定关联性的其他工作。过去认为，批评职业强调的是批判性，是判断力，批评家必须同艺术家个人，同作为赞助人的画廊、收藏家、展览会、交易商等市场经济力量保持必要而恰当的距离。这种观念承袭自前卫艺术及其后裔所持的信条，同时也构成西方艺术史中一个特殊概念，其合法性源自趣味、感性等美学范畴。如今，这些观念已经失去了原先的重要性，语境在改变，现代主义叙述被文化（视觉）研究、身份政治、后殖民理论（更不必说女性主义和性别研究，以及各形各色的特殊诉求）所取代，同时，学科的边界也在大大地拓展，社会学、人类学、语言学、符号学、哲学、后结构主义及其他类似学科的方法和成果被不断地引入和吸收。针对上述种种纷乱复杂的局面，埃金斯在文中加以剖析并指出：“艺术批评正在世界范围内经历着一场危机。它的声音已经越来越微弱，即将消融在各种昙花一现的文化批评的背景之中。但……它的确在急速膨胀，这恰恰证明它其实行将没落，但它同时又无所不在。它被人所忽视，却在一个庞大的市场上举足轻重……艺术批评正在大规模地被制造出来，随即又大批大批地陷入遗忘。”

我本该深深地感到忧虑，如果艺术批评诚如本文开头的几段引文所言，已经被市场所禁锢和束缚，面对金钱价值至上的普遍信条而无能为力的话。但事实并非如此，市场不是一个孤立存在的绝缘体。它不过是关系到艺术生产的实质和接受条件的众多影响因素之一。即使在最彻底的新自由主义市场经济中，仍有不胜枚举的政治、文化、法律以及意识形态等限制条件存在，使艺术品的价值不能完全由市场因素决定。诚然，留给个人的批评空间不断受到挤压，同时值得注意的是，原先存

在于艺术、批评以及公众三者之间的界限也在逐渐模糊，它们彼此吸收原属于对方的某些东西，使得“批评”一词在今天显得格外复杂，混合了艺术家（有时则是假定的艺术家身份）、市场体系及其营销策略、学科的专业训练以及其他限制因素在内。批评家伊雷特·罗戈夫曾详尽地描述了如上整个过程，“评论式批评”如何演变成“评价式批评”，又进一步演变成今天的“相互的批评活动”。与此同时，批评家本人也由学者和理论家的角色转而积极投身参与实践，甚至成为这一转变过程的倡导者。作者以她自己的经历证明了这个过程：最开始，她仅仅是发表批评做出判断，但现在一切已经不同，“我发现自己处于这样的状态，一方面必须承认和接受这个我生存于其中的现实世界，另一方面则需要用批判的眼光去观察和进行理论思考。批评活动就存在于当下，它正在发生。”

今天的批评家已不仅仅是居高临下地做出某些关键性判断，正如今天的艺术家也不再像过去那样单纯埋头于创作而与外界隔绝，或拒绝任何对其创作的诠释。同样，今天的公众亦不再满足于仅仅以传统的鉴赏者身份来接近艺术。发端于20世纪60年代的极简主义和观念艺术正是这一转变的最好例证，它也给学院批评领域带来深远的影响。自此之后，那些对当代艺术怀有兴趣的公众发现自己正在以观看者和消费者的双重身份，不可避免地参与和介入到当代艺术的整体进程和艺术创造过程之中；批评家和艺术家则发现自己必须依靠各种组织、机构，某些结构性的力量以及经济支持。现在，对于批评家来说，已经没有任何可见的杠杆可以用来左右大众的态度与认知。

此外，还有一些新的因素和力量影响着上述的转变过程。其中之一就是快速

扩张的艺术市场本身。这个市场从传统的西欧——北美——日本轴心日益向周边扩展，伴随这一进程的还有俄罗斯与韩国的改革和政变，中国、印度和中东等地飞速发展的工业化及日益提升的生产水平。西方的拍卖机构早已瞄准并进入到上述国家和地区。这股由层出不穷的"双年展"和"艺术节"推波助澜的关于当代艺术的狂热情绪，当然不可能只满足于现有艺术市场的覆盖区域。在那些确有市场存在但较弱的地区，全球化的浪潮与当地根深蒂固的各种传统迎头相遇，一定程度上改变着这场冲击的传播和渗入方式。而某些新鲜的、不寻常的事物往往正是从这样的漩涡中浮现的。此处不加以一一详述，但今天最有意味的作品的确大多来自那些远离市场的边缘地带，呈现出一种带讽刺色彩的复杂面貌。这类作品及艺术家本人在"双年展"和"艺术节"上（比如在广州）格外抢眼，让我们不禁去追问其创新的原动力所在。

借用军事术语，我得承认，批评在西方国家已被诸如金钱、知名度、控制力等策略性市场力量从侧翼包抄。我们不妨看看YBA（青年英国艺术家）的例子，这一批艺术家以群体的姿态被艺术界的营销巨头查尔斯·萨奇于20世纪90年代推上舞台。无论是谁，只要他对市场和媒体在当今经济环境下的作用力有所关注，萨奇都是一个经典的研究个案。反思性和批判性的评价在这里遇到短路甚至被彻底取代。我们得承认这位非凡的萨奇自己作为半个批评家和策展人，的确为这些年轻艺术家提供了物质条件以及精神鼓励，帮助他们创造出富于冒险性和探索精神的新作品，这些艺术家的活动也随后显示出他们对当代艺术内含的"批评活动"（如伊雷特·罗戈夫所指出的）这一性质有所觉悟并积极利用。萨奇既是一位慷慨的赞助人和慈善家，同时又是名誉和财富的狂热追逐者，

至少在一段时期内他成功地操纵了包括批评家、交易商、美术馆和拍卖行在内的艺术世界大部分力量，更不用提他对一般大众的影响。

我在这里不得不提到另外一个例子，关于市场策略和投机行为如何冲溃传统规则和批评的界限。2008年4月号的《艺术新闻》以这样一行字作为开卷第一篇文章的标题："展览和销售：苏富比在'中国当代艺术展'结束后两日即将参展作品宣布拍卖"。文章缘起于2007年，哥本哈根附近一家知名美术馆——路易斯安那美术馆举办了一次中国当代艺术大展，展品来自中国当代艺术的新近私人收藏"埃斯特拉收藏"，包括了自2004至2007年间69位中国艺术家的超过200件作品。展览于路易斯安那美术馆结束之后，移至耶路撒冷的一家不知名的美术馆进行，就在这次展览结束后两天，苏富比宣布了拍卖作品的消息。显然，美国艺术商比尔·阿奎维拉已经获得了全部作品的特许权，决定将其同时拍卖。4月9日在香港的第一场拍卖就为他赚得1700万美元，接下来的第二场将于今年秋天在纽约举行，预计成交总额在1200万美元左右。这场关于中国当代艺术的追猎和抢购风潮，让一大批著名学者和美术机构大大地出了一回洋相，各方的信用（经济信用除外）几乎荡然无存，不由使我感到批评的价值已经彻底被改写。

这篇文章将以如下几点作结：

1、批评今天依然存在并活跃着，虽然它呈现出完全陌生的形式。（皮埃尔·雷斯塔尼便持此观点，他认为批评作为广受尊敬的职业已接近其尾声，即将并正在转化为一些残余的活动，其意义也随之扩展到创造性活动的整个领域。）

2、 这意味着，批评功能仍将得到有效的实践，即使其表象是日渐消隐且难逃权力与财富的罗网。也许它在市场面前已经短路，但它仍有办法绕过市场以重估自身的独立价值。

3、 市场仅仅是影响批评的众多力量之一，而这种种力量绝非孤立绝缘存在，它们均不可避免地处身于整个社会、经济语境之中并受其控制和影响。

4、 虽然就批评事业的伦理规范和内在要求而言，批评应当以间接方式介入，并与事件保持一定程度的距离。但综合上述各点，我们应该认识到今日之批评的复杂局面其实具有其积极意义和必要性。

伊莎贝尔·格劳（德国艺术杂志Texte Zur Kunst'的主编）曾指出，批评家其实远非设想的那样彻底失去影响力。在以"商人—收藏家"体系为核心而建立的新型权力关系中，"商人—批评家"体系也被赋予了越来越重要的地位，这一体系主导着知识市场，后者在全球化时代及当下的传播过程中的影响力与日俱增。她这样写道："没有独立存在的价值，价值永远存在于各种关系的网络中，依赖于各种力量之间的磋商，马克思主义已经无情地揭示了这一点。这说明价值同样极易被批评所影响，因为批评可以通过改变上述力量的作用环境及作用方式，进而改变价值。"我并不关心批评是否会消亡，只要它能够以某种其他方式重生。就像刘易斯·卡罗尔在《爱丽丝漫游奇境记》里面讲到的那只柴郡猫，当猫的身体逐渐消失，它的笑容却继续存在。只要根扎得深，遇到适宜的时刻它必将重现天日。

附文：关于国际艺术批评家协会的介绍

2002年至2008年，我担任AICA（国际艺术批评家协会）主席。在此期间，我一直梦想着有朝一日能够协助世界上两个伟大的民族——中国和印度——正式成为AICA的成员。现在，梦想似乎正在朝现实迈进，我相信就在不久之后，印度也将紧跟中国的脚步。

在2007年巴黎的AICA年会上，我有幸结识了我可敬的朋友——朱青生教授，随即达成共识。朱教授邀请我参加同年11月举办的中国批评家年会，遗憾的是，由于时间不巧冲突，此前AICA在开普敦已经定好举办研讨论坛，使我未能如愿成行。今天，我将以AICA荣誉主席的全新身份做出演讲，在我AICA国际主席的第二届任期也是最后一届任期届满之际，我很荣幸被推选为荣誉主席。现在，请允许我代表大家向新任AICA主席，来自科特迪瓦的Yacouba Konaté先生，以及新产生的本届巴黎秘书处全体成员，特别是行政主任Anne-Claude Morice女士，致以热烈的欢迎（开放分会）。我向各位保证，在AICA今年11月的都柏林年会上，我将向AICA国际委员会的全体成员作出报告，把此次北京大会全部三天的情况汇报给他们。与此同时，我将不遗余力推动建立贵协会同AICA巴黎总部的紧密关系，这仅仅是双方一个富于建设性的合作的开端，最终，它将引向AICA大会对中国的正式接纳，以及一个全新、完善的AICA分会在中国的建立。

AICA创建至今已有整整60周年。它是创建于1945与1946年间的联合国教科文组织UNESCO的一个分支。其时，在刚刚建立的联合国，各个成员普遍急切地希望，抚平刚刚结束的战争给世界文明造成的创伤，恢复秩序并在人类进步、和平、公正和自由的基础上建设美好未来。在这种乐观情绪的鼓舞下，战后最初的几年中，意识形态冲突、民族主义和狭隘自私尚未抬头，UNESCO等国际组织就是这一时期人类美好希望的产物。它作为联合国的分支机构，承担起守卫人类高尚道德的重任。这个脆弱的组织正是这种忠诚信念的忠实体现。（另一个例子是建立于1946年的国际美术馆协会ICOM，至今仍同AICA一起活跃在这个伟大的事业上。以及建立于1945年的国际造型艺术协会，该协会现已不存）。

从创建那一天起，AICA的最重要目标之一，便是在批评作为职业还缺少普遍认知之时，确定和保护批评家的权益，并在独立的经济和智力基础上争取和申明批评家的权利。这一目标，至今在世界的许多地方尚需我们为之不懈奋斗，以求解决批评事业在那里所遭遇的审查、忽视、经济困乏等诸种问题。最初的两个国际美术批评大会在UNESCO的协助下于1948和1949年在巴黎组办。它汇集了来自世界各地的一大批优秀的艺术史家、博物馆长、理论家、批评家，以及兼具理论和批评才能的艺术家。至今，我们的协会仍保持这种开放的临界状态，向多种学科和领域敞开我们的大门。随着其发展壮大，确有必要将AICA同国际美术馆协会ICOM，或称当代艺术收藏及美术馆国际委员会CIMAM，这两个角色分立开来，这意味着AICA将保持其创立的初衷，致力于全部和当代艺术及艺术家相关事业。而ICOM则将工作重心倾向于当代艺术的研究、保存、和展示。即使如此，这两个机构的角色及其成员的边界在某种程度上正在日益模糊。

AICA的会员标准60年来一直未变，尽管其国际章程的措辞经过2003年和2008年的两次修正，强调了协会对新兴学科、少数文化、偏远地区，以及世界和社会范围内经济弱势群体始终保持开放状态。

根据目前的国际章程，申请者只需要证明其连续3年批评活动的职业经历，由同行提供保证。并表示其拥护AICA基本目标的态度。根据章程，AICA基本目标为：

A 推进艺术批评作为一个学科的发展，及其方法论的建设

B 推进其会员的伦理和职业权益，共同维护批评家权利

C 促进其会员间积极的国际合作，提供有效技术支持，鼓励会员间的会面交流

D 促进各文化间对视觉艺术及美学的相互理解

E 推动跨越政治、地理、伦理、经济、宗教界限的职业交流

F 捍卫思想及言论自由，反对审查制度

新章程同过去相比更加清晰明了，将会员范围扩大到电视、录像、电子媒体、教育事业等领域，尤其重要的是，这个范围还将包括在上述领域从业的策展人，这一职业最近才得以界定，但AICA核心成员的涵盖范围仍自动包括章程书面列出的全部。

AICA是由各个协会组成的一个联盟，包括各国的分会以及一个国际自由分会，分会需向由全体AICA成员国代表组成的国际委员会报告。AICA的组成部分还包括其位于巴黎的办事处，其成员包括经选举任职的大会主席（无报酬）、总秘书长及财政官，以及只领取基本薪酬的工作人员，总数在二到三人之间。就其规模和组织结构而言，AICA与其1949年初创之时相比已有较大发展。那时的AICA仅有13个分会，其中较有声望、相互建立起良好关系的会员就更加屈指可数。今天，AICA已经

有超过4000个付费会员（会员的会费之所以是重要考虑因素，是因为缴纳的会费将成为AICA运作的唯一财政来源），以及覆盖世界各大洲的63个分会，以及我上面所谈及的一个小规模开放分会。低廉的旅行费用、新技术以及通讯费用的降低，大大地促进了各会员间面对面的交流（这也是AICA的一个首要目标）和实质性的沟通。大会目前正在积极吸收新会员的加入，特别是年轻新人，以及来自相对隔离、处于经济弱势、尚未卷入全球视觉艺术经济的地区的成员。

由于时间限制，无法将AICA的全部工作在这里介绍给大家，我在这里仅择其要略述：

一年一度的AICA年会。年会在各个成员国之间轮换举行，每届年会将有来自30-40个不同国家及地区的100-250名会员参与，针对其职业中共同关注的某个特定议题（如全球化的冲击，及批评标准的建立）进行讨论，并共同学习研究东道国的文化的某个方面。（在我担任主席期间，AICA的年会分别在巴黎（原定计划为科特迪瓦，但因其国内动乱而最后转由巴黎承办）、加勒比海地区，斯洛文尼亚、西班牙四个不同地区举办，以及作为莫斯科双年展尾声的，在当地举办的一次大会会议。）

保持同联合国教科文组织UNESCO的紧密联系，作为由前者正式创立的一个非政府组织，AICA保证其会员拥有经UNESCO认可和授权的记者证，享有自由进入博物馆、画廊、文化基金会等所有公立机构及大量私立机构的许可。基于UNESCO的正式承认，AICA会员还可以向UNESCO申请项目基金，这些基金已经帮助在达卡、雅的斯亚贝巴、开普敦、前南斯拉夫及亚美尼亚举办了这些地区的首次国际研讨论坛。

接下来我要介绍是AICA项目的常规活动，请各位注意，我将介绍的活动属于AICA总部组办，并不等同于各地分会频繁举行的各种活动暨项目。

网站：AICA的网站（(www.aica-int.org)保持定期的更新，是向公众提供有关AICA的各种信息和参考的重要平台。在AICA的网站上，你们会看到有关AICA的组织结构、各种活动（例如AICA大会及会员大会的记录）的介绍，以及相似组织或活动主办机构的链接。网站还包括了成员之间的专属通道，包括成员地址录、各种形式文件、以及分会创建指南等。

出版：AICA以硬拷贝和正式排版两种形式，持续而稳定地出版印行。在这里，我带来了AICA最近的一些出版物给大家。它包括了针对某些国家或地区的当代艺术的专题研究系列，目前已出版的是波兰和阿尔及利亚，其余部分也将陆续出版。AICA定期出版有关某个主题的论集，例如'L'Engagement'（Commitment），同时也出版各类长度不限的论文，包括南非和巴尔干的研讨会发言，以及各种会议及讨论的成果，例如在法兰克福举办的"第三届欧洲双年展"中有关版权、艺术与社会交往等诸多主题的讨论。AICA同时也以英文和法文出版大量有关艺术的文章，如配合欧洲青年艺术家巡展而出版的"从艺术学院到职业教育"一书。特别希望告诉大家的是，在下一个月，AICA将以在线文本和硬拷贝两种形式，首次推出AICA的历史综述。文章将以英文发表，题目为"全球化大潮中的AICA"，相关细节大家可以在我们的网站上找到。

除此之外，每届年会的主办方都会按照惯例将年会全部内容结集出版。最近一期由中国台湾出版，巴西和斯洛文尼亚不久也将出版自己的年会专辑。

上述所有活动都无法离开外界各项基金的支持，特别需要着重指出的是各个会员无私而艰苦的工作，他们自愿为AICA奉献出宝贵时间和专业技能。来自外部的基金支持，一直是AICA的可靠经济来源，每一个单独立项的价值都会被认真估量考虑。这些基金除了来自联合国教科文组织，还包括大量政府机构，如英国文化协会、法国文化协会（前身为AFAA）、歌德学院、塞万提斯学院、KulturKontakt 以及 Pro Helvetia。尽管如此，政府机构和文化代表处往往将其自身倾向加于AICA，而这与AICA超国家超民族的基本信条有时并不兼容。这使我们感到，或许我们应该更侧重于那些较少倾向性的经济支援。除了联合国教科文组织以外，目前还有大量的信托和基金会认同于我们的理念，支持着我们的工作，并对我们在欧洲以外其他地区的各项事业给予优先考虑。它们包括Africalia，美国Getty基金会，查尔斯王子基金会、以及荷兰的欧洲文化基金会等等。

公共调查
PUBLIC SURVEY

当代艺术教育相关数据
——艺术类高等教育数据统计（2006、2009）
DATA ON CONTEMPORARY ART EDUCATION
Statistics of Data on Higher Education of Art (2006, 2009)

王娅蕾

【统计说明：从国家教育部官方网站得到的根据2007年10月公布的2006年的有限数据（此后的三年，艺术类院校校数及招生人数，仍在较快增长。），以及后来补充的2009年教育部官方网站的部分数据，并不能完全概括当下艺术类院校、系、科的整体情况。众所周知，目前几乎所有的文、理、工、农、林、医、军等院校及综合院校，大多都开设了艺术、设计等的专业系科，不少院校下挂数家或数十家艺术类二级学院，招生规模一般都不小于老牌艺术院校，这些数据若能完整查出公布，一定是令人震惊的。教育部公布的"艺术类"院校数据，仅限于传统意义上的"艺术院校"，并不包含很多各类院校下挂的艺术（设计）学院及系科。我们期待有一天，这些数据能被完整统计出，以便于管理者、学者、公众能了解事实真相。即便是公布的有限数据，我们仍然看到了艺术类院校在校的惊人数字，不无参考、研究价值。】

普通高等学校校数 ▼

Number of Regular Higher Educational Institutions			
		单位：所 Unit: Institutions	
	合计 Total	大学、专门学院 Universities & Colleges	专科学校 Short-Cycle Colleges	职业技术学院 Tertiary Vocational- technical Colleges
总计 Total	1867	720	1147	981
艺术院校 Art	68	29	39	39

第一部分：国家教育部公布数据（数据统计于2006年，公布于2007年10月）

普通高等学校规模 ▶

Breakdown of Regular Higher Educational Institutions by Size of Enrolments

单位：所
Unit: Institutions

	学校数 Institutions	300人及以下 300 and under	301–500人 301 to 500	501–1000人 501 to 1000	1001–1500人 1001 to 1500	1501–2000人 1501 to 2000	2001–3000人 2001 to 3000	3001–4000人 3001 to 4000	4001–5000人 4001 to 5000	5001–10000人 5001 to 10000	10001–20000人 10001 to 20000	20001–30000人 20001 to 30000	30001人及以上 30001 and over
总计 Total	1867	39	18	70	74	86	174	158	142	552	434	91	29
综合大学 Comprehensive University	417	8	2	25	22	23	38	24	26	103	95	33	18
艺术院校 Art	68	3	6	7	10	10	11	8	3	8	2	0	0

Number of Undergraduate Students by Type of Courses in Regular Higher Educational Institutions

单位:人
Unit: in Person

	毕业生数 Graduates			招生数 Entrants			在校学生数 Enrolment			毕业班学生数 Graduates for Next Year		
	合计 Total	本科 Normal Courses	专科 Short-cycle Courses	合计 Total	本科 Normal Courses	专科 Short-cycle Courses	合计 Total	本科 Normal Courses	专科 Short-cycle Courses	合计 Total	本科 Normal Courses	专科 Short-cycle Courses
总计 Total	3774708	1726674	2048034	5460530	2530854	2929676	17388441	9433395	7955046	4587743	2056794	2530949
其中:女 Of Which:Female	1728751	757510	971241	2677672	1237673	1439999	8357206	4369565	3987641	2000019	846700	1153319
一、普通高等学校 Reg. Inst.of High Education	3615074	1722158	1892916	5307628	2528480	2779148	16870435	9412732	7457703	4402707	2051106	2351601
本科院校 University	2340231	1602313	737918	2652439	2067727	584712	10034336	8095721	1938615	2622555	1874258	748297
专科院校	1085575	444	1085131	2068770	1960	2066810	5178820	5326	5173494	1489796	479	1489317
其中:高等职业学校 Non-university Tertiy	880687	0	880687	1770937	832	1770105	4384068	1510	4382558	1246964	0	1246964
其他 Other	189268	119401	69867	586419	458793	127626	1657279	1311685	345594	290356	176369	113987
其中:独立学院	142083	108596	33487	525647	454679	70968	1462708	1263272	199436	223003	155065	67938
综合大学 Comprehensive Universities	919740	456592	463148	1363615	677275	686340	4306128	2487762	1818366	1109737	547491	562246
理工院校 Natural Sciences & Tech.	1326155	572154	754001	1983538	819987	1163551	6172565	3034656	3137909	1642828	667690	975138
农业院校 Agriculture	169426	98107	71319	231378	128876	102502	779895	505106	274789	205833	119841	85992
林业院校 Forestry	24469	17449	7020	37503	22568	14935	127169	89501	37668	31385	20858	10527
医药院校 Medicine & Pharmacy	176883	86363	90520	284295	138043	146252	960501	587494	373007	219813	103497	116316
师范院校 Teacher Training	507426	275546	231880	618394	382580	235814	2116252	1431462	684790	582025	328391	253634
语文院校 Language & Literature	38147	16698	21449	75840	33304	42536	221277	117958	103319	51058	22682	28376
财经院校 Finance & Economics	303209	121155	182054	476772	200565	276207	1445017	702326	742691	374357	145803	228554
政法院校 Political Science & Law	69062	17216	51846	93322	30077	63245	274612	104871	169741	77006	20373	56633
体育院校 Physical Culture	17385	14432	2953	25862	19271	6591	89025	76129	12896	23049	18285	4764
艺术院校 Art	33969	21375	12594	75648	40179	35469	229753	141952	87801	51185	26585	24600
民族院校 Ethnic Minorities	29203	25071	4132	41461	35755	5706	148241	133515	14726	34431	29610	4821
二、成人高等学校 Higher Educational Institutions for Adults	159634	4516	155118	152902	2374	150528	518006	20663	497343	185036	5688	179348

Number of Students in Regular HEIs by Field of Study

单位：人
Unit: in Person

	毕业生数 Graduates			招生数 Entrants			在校学生数 Enrolment			预计毕业生数 Anticipated Graduates for Next Year		
	合计 Total	本科 Normal Courses	专科 Short-cycle Courses	合计 Total	本科 Normal Courses	专科 Short-cycle Courses	合计 Total	本科 Normal Courses	专科 Short-cycle Courses	合计 Total	本科 Normal Courses	专科 Short-cycle Courses
总计 Total	3774708	1726674	2048034	5460530	2530854	2929676	17388441	9433395	7955046	4587743	2056794	2530949
其中：女 Of Which: Female	1728751	757510	971241	2677672	1237673	1439999	8357206	4369565	3987641	2000019	846700	1153319
哲学 Philosophy	1417	1417		2158	2158		6846	6846		1355	1355	
经济学 Economics	203957	104665	99292	268773	152592	116181	921365	574452	346913	244609	129347	115262
法学 Law	186164	91596	94568	196195	110019	86176	710173	441090	269083	206576	105650	100926
教育学 Education	322317	61740	260577	334939	90533	244406	1029612	339420	690192	347380	76262	271118
文学 Literature	524806	283404	241402	816922	470022	346900	2642439	1677537	964902	655382	351854	303528
其中：外语 Of which:Foreign Language	226878	107093	119785	329822	161688	168134	1069362	595914	473448	281262	131976	149286
其中：艺术	162403	90027	72376	323081	185246	137835	975489	620963	354526	217832	116754	101078
历史学 History	10605	10605		13698	13698		52514	52514		12611	12611	
理学 Science	197231	194807	2424	281691	279708	1983	1047936	1041387	6549	238802	235864	2938
工学 Engineering	1341724	575634	766090	1992426	798106	1194320	6143918	2958802	3185116	1641055	661135	979920
农学 Agriculture	77177	36740	40437	100020	47312	52708	331606	188067	143539	91634	45620	46014
医学 Medicine	253252	107210	146042	380083	155242	224841	1268587	688777	579810	305195	125246	179949
管理学 Administrators	656058	258856	397202	1073625	411464	662161	3233445	1464503	1768942	843144	311850	531294
总计中：师范生 Of Total:Students Enrolled in Teacher Training Institutions	493445	241787	251658	493444	261167	232277	1769203	1105277	663926	542282	280071	262211

当代艺术教育相关数据2——艺术类高等教育数据统计（2009年，部分数据）

（一）、中央美术学院 900人

专业学院	专业名称及代码		招生人数	学制	学历	学费（元）
造型学院	造型艺术 050404	油 画	160名（文科）	4年	本 科	1.5万 /学年
		版 画				
		壁 画				
		实验艺术				
		雕 塑		5年		
中国画学院	中国画 050429S		40名（文科）	4年		
	*书法 050425S		10名（文科）			
设计学院	艺术设计 050408	视觉传达	15名（理科） 120名（文科）	4年		
		数码媒体				
		工业设计				
		摄影艺术				
		时装设计				
		首饰设计				
建筑学院	建筑学 080701	建筑设计	90名 （文、理科） 其中：北京市限招15名 山东省限招15名	5年		
		室内设计				
		景观设计				
人文学院	美术学 050406	美术史与美术理论	90名 （文科） 其中：北京市限招15名 山东省限招15名	4年		0.8万 /学年
		艺术批评				
		艺术管理 （艺术行政、艺术经纪）				
		美术文物鉴定与修复				
		美术考古学				
		文化遗产学				

（二）、城市设计学院

校区	专业名称及代码		招生人数	学制	专业考试科目	学历	学费（元）
顺义 校区	影像设计 050418	动画	90名（文科）	4年	可参加造型艺术、中国画 或艺术设计任一专业考试	本 科	1.5万 /学年
		实验电影					
	信息设计 050408	出版设计	65名（文科）		参加艺术设计专业考试		
		媒体设计					
		商业信息设计					
		导视设计					
	产品设计 050408	陶瓷产品设计	5名（理科） 45名（文科）		可参加造型艺术或建筑学 专业考试		
		家具设计					
		首饰设计					
	空间设计 050408	公共艺术	5名（理科） 45名（文科）		可参加造型艺术或建筑学 专业考试		
		主题空间设计					
		展示空间设计					
燕郊 校区	家居产品设计 050408	家具设计	10名（理科） 110名（文科）		可参加造型艺术、中国画、艺 术设计或建筑学任一专业考试		
		日用产品设计					

南 山 校 区　　　　　　　　　　　（计划290名）　　办学地点：杭州市南山路218号

专业方向代号		招生专业	学制	计划
01		绘画（中国画人物）	4年	15
02		绘画（中国画山水—1）	4年	9
03		绘画（中国画山水—2）	4年	6
04		绘画（中国画花鸟—1）	4年	9
05	造型艺术	绘画（中国画花鸟—2）	4年	6
06	学院	书法学（书法与篆刻）	4年	20
07		书法学（书法学与教育）	4年	15
08		绘画（油画）	4年	40
09		绘画（版画）	4年	40
10		雕塑	4年	30
11		绘画（综合艺术）	4年	30
12		绘画（新媒体）	4年	30
13	艺术人文	美术学（史论）	4年	20名(其中：山东省限招4名)
14	学院	美术学（艺术与博物馆学）	4年	20名(其中：山东省限招4名)

象 山 中 心 校 区　　　　　　　　（计划970名）　　办学地点：杭州转塘镇象山352号

15		艺术设计（平面设计）	4年	100
16		艺术设计（染织设计）	4年	25
17	设计艺术	艺术设计（服装设计）	4年	50
18	学院	工业设计	4年	100
19		艺术设计（会展设计）	4年	25
20		艺术设计（色彩设计）	4年	25
21		艺术设计学	4年	25
22		公共艺术（公共雕塑）	4年	25
23		公共艺术（景观装置）	4年	25
24		公共艺术（壁画、漆画）	4年	50
25	公共艺术	美术学（美术教育）	4年	50
26	学院	美术学（艺术鉴赏）	4年	25
27		艺术设计（陶瓷设计）	4年	45
28		艺术设计（玻璃）	4年	15
29		艺术设计（饰品）	4年	15
30		摄影（摄影艺术）	4年	25
31		广播电视编导（影视广告）	4年	25
32	传媒动画	广播电视编导（广播电视编导）	4年	25
33	学院	动画	4年	50
34		动画（插画与漫画）	4年	50
35		动画（网络游戏美术）	4年4	25
36		艺术设计（多媒体网页设计）	年	50
37		建筑学（建筑艺术）	4年	45
38	建筑艺术	城市规划（城市设计）	4年	15
39	学院	艺术设计（景观设计）	4年	30
40		艺术设计（环境艺术）	4年	30

张 江 校 区　　　　　　　　　　（计划400名）　　办学地点：上海浦东张江高科技园区春晓路109号

41		公共艺术（城市景观造型艺术）	4年	30
42		艺术设计（视觉传达设计）	4年	62
43	上海设计	艺术设计（染织与服装设计）	4年	62
44	学院	工业设计（工业造型设计）	4年	92
45		艺术设计（建筑与环境艺术设计）	4年	92
46		艺术设计（多媒体与网页设计）	4年	62

专业名称	系别		专业方向及代码	招生名额	学费（元/学年）	招生地区
绘画	国画	01	中国画	72	12000	面向全国招生
		02	书法	20	12000	
	油画	03	油画	72	12000	
	版画	04	版画	48	12000	
		05	插画艺术	24	12000	
	壁画	06	壁画与材料艺术	72	12000	
	美术教育	07	水彩	48	12000	
动画	动画学院	08	动画	128	13000	
		09	影像媒体艺术	82	13000	
雕塑	雕塑	10	雕塑	42	13000	
		11	陶瓷艺术	42	13000	
艺术设计	视觉传达	12	视觉传达设计	138	13000	
		13	印刷图形设计	72	13000	
		14	摄影	24	13000	
	环境艺术设计	15	环境艺术设计	162	13000	
	服装设计系	16	服装艺术设计	96	13000	
		17	纤维艺术设计	44	13000	
		18	服装表演与设计	24	13000	
工业设计	工业设计	19	工业设计	96	13000	
		20	展示设计	56	13000	
艺术设计学		21	艺术设计学	30	10000	
美术学	美术学	22	美术学（史论）	30	10000	
	美术学	23	艺术管理	30	10000	
艺术教育	美术教育	24	美术教育	48	12000	

▲ 湖北美术学院

天津美术学院 755人 ▼

招生规模全国招生	学科	专业及专业方向	学制	所属院（系）
330人	绘画	中国画	4年	中国画系
		书法	4年	
		油画	4年	造型艺术学院
		版画	4年	
	雕塑	雕塑	4年	
	绘画	数字媒体艺术	4年	现代艺术学院
		摄影艺术	4年	
		综合绘画	4年	
390人	艺术设计	动画艺术	4年	设计艺术学院
		公共艺术	4年	
		视觉传达设计（装潢）	4年	
		装饰艺术设计	4年	
		染织设计	4年	
		服装设计	4年	
		环境设计	4年	
	工业设计	工业设计	4年	
35人	美术学	设计史论	4年	
		美术史论	4年	美术史论系

专业名称	专业考试 类别	专业方向及代码	国标代码	所在系别	层次	学制	计划
绘　画 雕　塑 美　术　学	绘画	国画	050404	中国画系	本科	4年	120
		油画	050404	油画系	本科	4年	120
		综合绘画	050404	美术教育系	本科	4年	30
		版画	050404	版画系	本科	4年	90
		雕塑	050405	雕塑系	本科	4年	40
		美术教育	050406	美术教育系	本科	4年	120
		美术史论	050406	美术史论系	本科	4年	30
音乐学	音乐学	音乐学	050401	美术教育系	本科	4年	50
摄　影 戏剧影视美术设计 动　画 工业设计 艺术设计	艺术设计	图片摄影	050416	影视动画系	本科	4年	30
		影视摄影	050416	影视动画系	本科	4年	30
		戏剧影视美术设计	050415	影视动画系	本科	4年	30
		动画	050418	影视动画系	本科	4年	60
		工业设计	080303	设计系	本科	4年	30
		装潢设计	050408	设计系	本科	4年	120
		展示设计	050408	设计系	本科	4年	30
		环艺设计	050408	建筑环艺系	本科	4年	150
		装饰设计	050408	装饰艺术系	本科	4年	120
		陶瓷艺术	050408	装饰艺术系	本科	4年	30
		服装设计	050408	服装系	本科	4年	60
		纺织品艺术设计	050408	服装系	本科	4年	30
		服装设计与表演	050408	服装系	本科	4年	30
		艺术设计	670101	高等职业技术学院	大专（高职）	3年	170

▲　西安美术学院　1520人

清华大学美术学院　240人　▼

招生 专业	招生 人数	专业方向	名 额	学 制	学 历
艺术设计 050408	180	染织艺术设计	15	四 年	本 科
		服装艺术设计	15		
		陶瓷艺术设计	10		
		平面设计	30		
		室内设计	17		
		景观设计	18		
		产品设计	20		
		展示设计	15		
		信息设计	10		
		动画设计	10		
		金属艺术	10		
		漆艺	10		
造型艺术 050404	45	中国画	10		
		油画	10		
		壁画及公共艺术	10		
		雕塑	15		
艺术史论 050407	15	艺术设计学	15		
合计	240				

专业及方向		志愿代码	学制	统招计划
绘画	书法	01	4年	20
	中国画	02	4年	45
	版画	03	4年	45
	水彩	04	4年	15
	油画	05	4年	45
雕塑	雕塑	06	4年	45
摄影	摄影	07	4年	80
	影视摄影	08	4年	40
艺术设计	环境艺术设计	09	4年	100
	城市规划与设计	10	4年	60
	服装艺术设计	11	4年	60
	染织艺术设计	12	4年	60
	纤维艺术设计	13	4年	20
工业设计	工业设计	14	4年	120
美术学	美术史论	15	4年	30
	文化传播与管理	16	4年	30
艺术设计 （大连校区）	艺术设计 （大连校区）	17	4年	1000

▲　鲁迅美术学院　1815人

广州美术学院
1225人

专业名称	专业方向	招生人数	年制	所属院系	备注
绘画 050404	中国画	50	4年	国画系	
	壁画	25	4年		
	油画	40	4年	油画系	
	版画	30	4年	版画系	
	书籍装帧艺术	30	4年		
	插画	30	4年		
	水彩	25	4年	美术教育系	
	综合美术	25	4年		
雕塑 050405	雕塑	45	5年	雕塑系	
美术学 050406	美术史(艺术类)	65	4年	美术史系	
	美术史(文科类)	15	4年		仅招广东省
	美术教育	140	4年	美术教育系	考生
艺术设计学 050407	艺术设计学	60	4年		
艺术设计 050408	环境艺术设计	60	4年		
	装潢艺术设计	90	4年		
	家具艺术设计	30	4年		
	新媒介艺术设计	30	4年		
	服装艺术设计	60	4年	设计学院	
	装饰艺术设计	60	4年		
	染织艺术设计	60	4年		
	数码娱乐衍生设计	30	4年		
	展示艺术设计	25	4年	美术教育系	
摄影 050416	摄影与数码艺术	25	4年		
	影视美术造型	25	4年		
动画 050418	影视艺术	30	4年	设计学院	
工业设计 080303	工业设计	60	4年		
建筑学 080701	建筑设计	30	5年		
服装设计与工程 081406	服装设计与工程	30	4年		
合计		1225			

浙江传媒大学
1125人

1 广电艺术类本科专业招生计划

序号	学院	专 业	计划数	学制	学费(元/年)
1	新闻与文化传播学院	媒体创意	45	4年	9000
		广播电视编导	80	4年	9000
		戏剧影视文学	70	4年	9000
		摄影(含图片摄影、电视摄像2个专业方向)	60	4年	9000
2	影视艺术学院	摄影(照明艺术)	35	4年	9000
		广播电视编导(电视节目制作)	50	4年	9000
		录音艺术(含音乐编辑专业方向)	50	4年	9000
		表演	35	4年	9000
3	动画学院	数字媒体艺术	80	4年	9000

2 美术类本科专业招生计划

		动画	80	4年	9000
1	动画学院	戏剧影视美术设计	35	4年	9000
		戏剧影视美术设计(人物形象设计)	35	4年	9000
		艺术设计	40	4年	9000

专业考试类别	招生范围	专业名称	专业方向	层次	学制（年）	招生计划	学费标准（元/年）	所在院系
理论类	全国	美术学050406	美术史论	本科	4	35	8050	美术学系
			艺术策划与管理	本科	4	35		
		艺术设计学050407	设计史论	本科	4	35	8050	设计艺术学院
			设计策划与管理	本科	4	35		
造型类	全国	美术学050406	美术教育（非师范）	本科	4	35	13800	美术教育系
		雕塑050405	雕塑艺术	本科	5	36	15000	雕塑系
			景观雕塑	本科	5	18		
		绘画050404	中国画	本科	4	90	13800	中国画系
			油画	本科	4	90	15000	油画系
			版画	本科	4	60	13800	版画系
			版画与印刷设计	本科	4	30		
			水彩画	本科	4	35	13800	美术教育系
			综合艺术	本科	4	70		
		动画050418	影视动画艺术	本科	4	60		影视动画学院
			互动媒体设计	本科	4	30		
			动漫产品设计	本科	4	30		
		戏剧影视美术设计050415	戏剧影视美术设计	本科	4	30	15000	
		广播电视编导050420	广播电视编导	本科	4	30		
		摄影050416	图片摄影	本科	4	30	13800	
			影视摄影	本科	4	30		
设计类	全国	艺术设计050408	视觉传达设计	本科	4	60	13800	美术教育系
			室内外空间拓展设计	本科	4	30		
			装潢艺术设计	本科	4	60	15000	设计艺术学院
			环境艺术设计	本科	4	90		
			服装艺术设计	本科	4	60	13800	
			数码媒体艺术设计	本科	4	60		
			工艺设计	本科	4	90		
			漆画艺术	本科	4	30		
			会展艺术设计	本科	4	30	13800	应用美术学院
			游戏艺术设计	本科	4	30		
		工业设计080303	工业设计	本科	4	60	13800	设计艺术学院
		建筑学080701	建筑设计	本科	5	30	13800	建筑艺术系
		景观建筑设计080708	景观建筑设计	本科	4	30		
高职专科参加所在省组织的美术专业统一考试	重庆 四川	装潢艺术设计670106	装潢艺术设计	高职专科	2	70	12000	高等艺术职业学院
		雕塑艺术设计670108	雕塑艺术设计		2	35		
		室内设计技术560104	室内设计		2	35		
		电脑艺术设计670104	电脑艺术设计		2	35		

▲ 四川美术学院

四川美术学院2009年拟招生专业、学制、名额、收费标准

◀ 郑州大学

院系名称	专业名称	计划人数	招生范围
美术系	艺术设计	35人	河南（文科）
	绘画	25人	
	艺术设计（专科）	120人	

中国传媒大学
（原北京广播学院）

620人

专业序号	艺术类招生专业及方向	招生人数	学费（元/年）
09	戏剧影视美术设计	40	10000
10	摄影（电影电视剧摄影方向）	20	10000
11	摄影（电视摄影方向）	20	10000
12	艺术设计	30	10000
13	数字媒体艺术	90	8000
14	动画	100	10000
15	数字媒体艺术（游戏设计方向）	35	8000

北京师范大学

133人

专业代码	专业名称		招生人数	科类	学历	学制
050406	美术学	美术方向	11	文科	本科	4年
		书法方向	11	文理		
050408	艺术设计		11	文理	本科	4年

浙江理工大学

480人

专 业	招生计划	招生范围
艺术设计（服装艺术设计）		
艺术设计（染织艺术设计）		专业校考省份：黑龙江、辽宁、
艺术设计（视觉传达设计）		吉林、河北、天津、北京、内蒙古、
艺术设计（环境艺术设计）		山东、江苏、山西、陕西、甘肃、
艺术设计（产品设计）	450	河南、湖北、四川、重庆、湖南、
艺术设计（家具设计）		安徽、江西、福建、广东、广西、
广告学		云南、贵州、上海。
动画		专业省统考省份：浙江
美术学（商业插画）		
艺术设计（时装表演及营销）	30	面向全国（专业校考）

山东大学

学 院	专业代码（国标）	专业名称		招生人数	学费（元/年）	科类	培养层次	学制	招生省份
艺术学院	050401	音乐学	器乐表演方向	40人	6700	文理兼招	普通本科	4年	面向全国
			键盘、声乐表演方向	15人					
			舞蹈方向	15人					
	050406	美术学		60人					
机械工程学院	080303	工业设计		50人					

厦门大学

美术系（共招收 180 人）：

※ 美术学专业（招收 45 人）：

1．美术教育方向招收 30 人（只招收福建省生源）。

2．艺术管理方向招收 15 人。

※ 绘画专业（招收 30 人）：

绘画方向（包括中国画、油画）招收 30 人。

※ 艺术设计专业（招收 105 人 ）：

各方向（包括环境艺术、视觉传达、综合材料与多媒体、雕塑）共招收 105 人。

昆明理工大学
艺术类（美术）

2009年在吉林省计划招收艺术设计专业20人（文理兼收），学费10000元/年；

工业设计5人（艺术类理科），学费8500元/年，合计25人。

学院	专业名称		专业代码	招生人数	学制	学费师范
美术学院	美术学	美术教育	10	50	4年	
		油画	11	50	4年	
		中国画	12	30		
		版画	13	15		
		水彩画	14	30		12,000元/年
	雕塑	雕塑	15	20	5年	
	艺术设计	环境艺术设计	16	55	4年	
		视觉传达设计	17	50		
		服装设计与工程	18	50		
		服装设计与表演	19	30		
		动画设计	20	50		
		大众舞蹈（国标舞）	32	10		
		音乐舞蹈	33	10		

专业方向	招生人数	全国招生	学制与学位	科类	学费标准
艺术设计（平面设计）	48				
艺术设计（广告设计）	24		4年本科	文理兼招	
艺术设计（室内设计）	48	164	文学学士	（艺术类）	9000元/年
艺术设计（景观设计）	24				
艺术设计（动画设计）	20				

考试类别	科类	专业代码	专业名称	层次	学制	生源范围	招生计划数	收费标准（元/生/年）
美术类	艺术文	050416	摄影	本科	4年	五省	40	10000
		050408	艺术设计	本科	4年	五省	60	10000
		050408	艺术设计（形象设计）	本科	4年	五省	40	10000

专业	层次	招生人数分布	学费（元/年）
美术学（含中国画方向、油画方向，师范类）	本科	30名（面向福建省）	7200
美术学（含视觉传达方向、环境艺术方向，非师范类）	本科	14名（面向福建省）	同上
	本科	6名（面向山东省）	同上
	本科	10名（面向湖南省）	同上

招生专业	科类	层次	学制	招生计划	专业方向
艺术设计	艺术文	本科	4年	120	视觉传达设计、环境艺术设计、陶瓷艺术设计
美术学（师范类）	艺术文	本科	4年	80	国画、油画、陶艺与装饰
服装设计与工程（文）	艺术文	本科	4年	20	服装设计、服装工程
服装设计与工程（理）	艺术理	本科	4年	20	服装设计、服装工程

科类	小计	辽宁	河北	吉林	黑龙江	山东	预留
艺术文	67	21	8	8	8	16	6
艺术理	13	6				4	3

菏泽学院

专业名称	层次	学制	科类	计划	生源范围	收费标准	办学地点
美术学	本科	4年	艺术文	100	山东省	6000元/年	北校区
艺术设计	本科	4年	艺术文	80	山东省	6000元/年	北校区
艺术设计（景观设计方向）	本科	4年	艺术文	40	山东省	6000元/年	西校区
艺术设计（景观设计方向）	本科	4年	艺术理	40	山东省	6000元/年	西校区
音乐学	本科	4年	艺术文	80	山东省	6000元/年	北校区
音乐表演(舞蹈方向)	本科	4年	艺术文	20	山东省	6000元/年	北校区
音乐表演(民族器乐方向)	本科	4年	艺术文	10	山东省	6000元/年	北校区
音乐表演(声乐方向)	本科	4年	艺术文	5	山东省	6000元/年	北校区
音乐表演(钢琴方向)	本科	4年	艺术文	5	山东省	6000元/年	北校区
艺术设计（景观设计方向）	专科	3年	艺术文	60	山东省	6000元/年	西校区
艺术设计（景观设计方向）	专科	3年	艺术理	40	山东省	6000元/年	西校区

郑州航空工业管理学院

招生专业	招生科类	招生计划（名）	招生省份
艺术设计（视觉传达设计方向）	艺术类文理兼招	60	河南、山东、安徽、江西、湖南、江苏、山西、河北、辽宁、吉林、黑龙江、广东、北京
艺术设计（环境艺术设计方向）	艺术类文理兼招	60	
工业设计（艺术类）	艺术类文理兼招	60	
广告学（广告设计）	艺术类文理兼招	50	
动画	艺术类文理兼招	25	

西安工业大学

专业名称	专业方向	招生人数	学费（年/元）	考试科目
艺术设计	装潢艺术设计	100	9000	科目1：色彩 科目2：素描
	环境艺术设计	100		
	数字动画设计	50		
	游戏美术设计	100		
	形象设计与展示	25		面试
工业设计		100	7000	科目1：色彩 科目2：素描
广告学		25	9000	
美术学	书法艺术	25	9000	科目1：创作 科目2：临摹
	书画鉴定与投资	25		

西安理工大学

学院:艺术与设计学院

招生专业:艺术设计（120人）、工业设计（40人）、动画（60人）、摄影（20人）

招生计划：240名（四年制普通本科）

新疆师范大学

美术学院 美术学　汉语言33名，其中内地18名（本科四年）

民考汉2名（本科四年）

民语言25名（本科四年，另预科一年）

绘画（国画、油画）　汉语言39名，其中内地22名（本科四年）

民考汉1名（本科四年）

艺术设计（平面设计、环艺设计）　　汉语言68名，其中内地40名（本科四年）

民考汉2名（本科四年）

专业（专业代码）	专业方向	计划	招生省份
艺术设计（050408）	环境艺术设计	90	天津、河北、山西、辽宁、吉林、江苏、浙江、安徽、福建、山东、河南、湖北、湖南、广东、广西、贵州、云南、陕西、甘肃、新疆、黑龙江、内蒙古、江西
	装潢艺术设计		
工业设计（080303）	产品设计	90	
	包装设计		
	建筑产品设计		
绘画（050404）	国画	80	
	油画		
	综合造型		
动画（050418）	动画	60	
艺术设计（050408）	服装设计与表演（模特）	20	山东、黑龙江

科类	专业名称	层次	学制	类别	招生计划
美术类	美术学	本科	4年	师范	180
	艺术设计	本科	4年	非师范	200
	动画	本科	4年	非师范	100
	戏剧影视美术设计	本科	4年	非师范	60
	数字媒体艺术	本科	4年	非师范	60
	广告学	本科	4年	非师范	60

专业名称	科类	学制	层次	招生计划	招生范围
艺术设计	艺（文）	4年	本科	120	陕西等省
动画	艺（文）	4年	本科	85	

专业名称	学制	计划人数	招生范围
艺术设计	4年	60	河北、湖南、湖北、江苏、安徽、山东、山西、甘肃、广西
工业设计	4年	30	

美术类专业名称	招生省份	招生计划
美术学（师范）艺术设计（视觉传达设计方向）艺术设计（环境艺术设计方向）艺术设计（动画方向）绘画（油画方向）绘画（国画方向）	湖南	10
	河南	22
	江西	10
	甘肃	15
	广东	10
	江苏	10
	广西	10
	山西	15
	内蒙古	10
	河北	15
	浙江	10
	湖北	15
	山东	30
	陕西	35

专业名称	招生范围	招生科类	招生人数	考试科目
艺术设计	山西	文史	100	素描、色彩
	河北			
	湖南			
	安徽			
	甘肃	文理兼收		

招生专业	省市	文科	理科	合计
艺术设计	浙江	7	3	10
	山东	7	3	10
	河南	7	3	10
	江西	7	3	10
	江苏	10		10

书刊评论
BOOK REVIEW

大音希声
——读沈语冰的研究性译著《塞尚》

THE GREAT MUSIC, THE FAINTEST NOTES:
On Shen Yubing's Research-styled Translation of "Cezanne"

刘 翔

塞尚和中国语境中的塞尚

保尔·塞尚早已经被公认是艺术史上最伟大的人物之一，可是在生前，他并没有得到足够的承认。他没有学生，他孤独工作的成果得不到家人的欣赏，在朋友中也深受误解和轻视。媒体讥讽为"无知的拙劣画家"，去世前一年，还有批评家认为他的画是"喝醉了的掏粪工的绘画"。（参梅洛—庞蒂：《塞尚的疑惑》刘韵涵译，载《眼与心：梅洛—庞蒂现象学美学文集》，中国社会科学出版社，1992年版）。塞尚一生为抑郁所苦，在他的朋友左拉看来，塞尚近乎是一个病态的、失败的艺术家。当然，塞尚在生前也不乏知己，毕沙罗说："当我欲审视自己的作品时，就把它放在塞尚作品的旁边。"莫奈称塞尚为"当代大师之一"。高更说："塞尚的画百看不厌。"凡高也说："不自觉地，塞尚的画就回到我的记忆中……"但塞尚的名声骤升还是在他逝世之后，他被追认为现代艺术之父，他的艺术和思考启发了现代艺术中那些最杰出的

人物。马蒂斯说："如果塞尚是对的，我就是对的。"毕加索说："塞尚就好像是我们画家们的父亲。"勃拉克也说："我们都是从塞尚开始。"亨利·摩尔承认："塞尚可能是我生命中一位关键人物。"

相对西方世界对塞尚的彻底的接受和极为丰富研究，中国国内对塞尚的认识还很初级。中国画家们不能说没有受到过塞尚的一些影响，但从徐悲鸿以来，中国画界对塞尚艺术漠然乃至反感的情势并没有改变。早年的徐悲鸿囿于其美学理念，指责塞尚"虚、伪、浮"，所以"不好看"。以徐氏的地位和影响，他的观点在很长时间成为国内对塞尚艺术的总的看法。而文革之后，尽管塞尚和别的现代派画家一起重新得到了尊重，但由于急躁，由于对新东西的过于强烈的渴望，十几年来画家们大都醉心于美术观念的大跃进，塞尚这样的经典便又被悄悄搁下了。而从汉语学界对塞尚的研究和译介来说，更是薄弱，除了寥寥几本传记资料，一些艺

术史里的断章，或一些不着边际的"断想"，塞尚研究并无推进。尽管尤绍良、王天兵等学者对塞尚的艺术进行了很有意思的研究，但总体而言，还是太苍白了。沈语冰译介的罗杰•弗莱的《塞尚及其画风的发展》（以下简称《塞尚》）确实是姗姗来迟，但它远没有失效，它是塞尚研究中最基本和最经典的著作之一。在真正能够顶住浮躁和喧嚣的人心中，塞尚并没有过时，弗莱的研究也没有过时。

弗莱和他的《塞尚》

罗杰•弗莱的《塞尚》完成于1927年，这本书是弗莱大半辈子研究塞尚的结晶之作。此书甫出，便在国际艺术批评界引起轰动，一举奠定了弗莱在现代艺术理论与批评界的大师地位。英国大作家弗吉尼亚•伍尔芙称赞该书是罗杰•弗莱最伟大的作品。伍尔芙与弗莱同属当时的一个精英团体：布鲁姆斯伯里团体，这是一个自由松散的团体，他们富有怀疑精神，陶然于"无限灵感，无限激情，无限才华"的氛围中。它的组成人员包括传记作家雷顿•斯特拉奇、小说家弗吉尼亚•伍尔芙、画家凡妮莎•贝尔、艺术史家罗杰•弗莱、批评家克莱夫•贝尔、小说家E•M•福斯特、经济学家凯恩斯等。罗杰•弗莱无疑是首批真正的职业美术批评当中的一个。弗莱早年学过绘画，后来经过了严格的艺术史方面的训练，在接触塞尚绘画之前，他已经是研究15世纪意大利艺术的世界性的权威。据沈语冰介绍，在1906年，当弗莱第一次看到塞尚的画，大为震惊，不敢相信在他眼前出现了做梦都渴望见到的画，这成了一个强大启示，从此以后兴趣转向法国现代艺术，特别是对塞尚的研究。他离开了成为欧洲最有前途的美术鉴定家和博物馆馆长的既定轨道，去从事一份冒险的工作：为现代主义辩护，扭转公众对现代艺术的偏见和漠视。在1910年与1912

年，弗莱在伦敦举办了两届法国现代绘画展，并首次以"后印象派"来命名塞尚、梵•高、高更等画家的风格流派。这两次画展在英国引起很大的轰动，但主要是负面的，人们指责弗莱是骗子、诈骗犯。画展之后弗莱发表了一系列的评论与辩护性文章。如今，这些文章即使在英国也已经很难看到了。沈语冰已经将这组文章全部译成了中文，收入即将出版的《弗莱艺术批评文选》中。

细心的读者如果仔细阅读弗莱的《塞尚》，就会发现，弗莱不仅仅是以艺术批评家的口吻，而主要是以一个画家的身份来发言的，在塞尚的身上，弗莱投入了自己的影子，并寄寓了他的全部情感。弗莱的后继者之一布伦说：弗莱的批评文章"是试验与探索性的，不是理论的阐述，而是观点。它们的统一性出自弗莱对艺术是怎样创造的，一件雕塑或一幅画是怎样构成的诸如此类问题的好奇心。他精通若干文化的艺术史，但他思想的活力始终来自他对创作过程细微而深入的理解。"（罗杰•弗莱：《视觉与设计》，易英译，江苏教育出版社，2005年版，第13页）美国学者维切尔精辟地指出："透过弗莱的文本，人们看到了一个英雄般的、几乎存在主义式的形象，尽管弗莱专注于对早年塞尚的大量心理刻画。他用来描写或分析其作品及其形式、色彩和构图的措辞，常常同样可以用来形容塞尚的态度。对塞尚独特心理状态和情感的描写，呈现了他对画家的强烈同情，并暗示了他甚至已经发现他们之间的类同处境。塞尚对于臣服于沙龙的屈辱与失望，他在其作品面对误解和敌意时所感到的艰辛、自重与孤独，都能在弗莱自己的生活中找到对应。弗莱似乎已经意识到他作为形式主义批评的使者的立场，与他面前的塞尚作品之间的平行。"（转引自罗杰•弗莱：《塞尚及其画风的发展》，沈语冰译，广西师范

大学出版社，2009年版，第3页）

弗莱的这一塞尚专论，是凝聚了他一生的心血的，是他一生学术的顶峰。沈语冰写道："他作为一个科学家的剑桥学习生涯，作为一个画家的技法训练，作为一个鉴定家的敏锐眼光，作为一个美术史家的知识积累，作为一个艺术批评家的洞察力，最后，作为塞尚艺术的狂热爱好者和学习者，一切的一切，都风云际会，水到渠成。《塞尚及其画风的发展》乃是弗莱一生事业的最高峰，是他留给世人的一份总结，一份遗嘱。虽说《塞尚》只是一本小册子（译成中文不足六万字），它却为塞尚研究建立起了一座难于逾越的丰碑。"（同上书，第4页）

正如沈语冰所说，《塞尚》一书是一个结晶体，它的每个侧面都发出夺目的光彩。弗莱的后继者可以从各个方面承继他的遗产，"可以从塞尚绘画风格分期研究入手，可以从他对塞尚绘画介质探索入手；可以从他对塞尚艺术总体景象的描绘进入，也可以从他对塞尚个别作品具体而微的分析进入；既可以从他的塞尚研究最富特质的形式分析法入门，以趋近其批评方法，也可以从他对塞尚生平、性情气质与普鲁旺斯的艾克斯社会环境和风土人情的角度，以探求其超形式的方法等不一而足。所有这些角度无疑都是可能的，事实上，这些可能性恰恰构成了弗莱之后塞尚研究的风向标"。（同上）弗莱之后的塞尚研究可谓更加深微，但是往往各执一端，像弗莱这样的精炼而全面的研究已成绝响。弗莱的研究体现了他在知性和感情方面的天才的结合，成为最佳范例的是他对塞尚的名言"大自然的形状总是呈现为球体、圆锥体和圆柱体"所作的诠释：

塞尚是否把这一点视为发现了客观真理，或某种类似自然规律的东西，人们或许还会有疑问。对我们来说，它真实的意思在任何情况下都不过如此：在他对自然的无限多样性进行艰难探索的过程中，他发现这些形状（按：指球体、圆锥体和圆柱体）乃是一种方便的知性脚手架，实际的形状正是借助于它们才得以相关并得到指涉。至少，值得注意的是，他对大自然形状的诠释似乎总是意味着，他总是立刻以极其简单的几何形状来进行思考，并允许这些形状在每一个视点上为他的视觉感受无限制地、一点一点地得到修正。（同上书，第96页）

沈语冰的研究性翻译及其艺术观

弗莱的《塞尚》写得极为凝练，沈语冰译成后只有6万字，可是沈语冰为这本书做了大量注释，现在大家看到的这部书有20万字。除了大量的注释与评论，沈语冰还附上了他的三篇非常优秀的论文：《塞尚的工作方式——罗杰•弗莱及其形式主义批评》、《弗莱之后的塞尚研究管窥》以及《罗杰•弗莱的批评理论》。塞尚是最伟大的现代主义艺术家，弗莱是现代艺术史上最伟大的批评家，而《塞尚》一书又是这位大批评家的最杰出的作品。所有这些，让沈语冰觉得必须要以最大的严谨把这部著作翻译过来，同时，补充各种资料，弥补汉语中对塞尚研究和弗莱研究的双重匮乏。

沈语冰是在剑桥大学做访问学者时和罗杰•弗莱及其《塞尚》相遇的。从当时的通信中，我感到语冰兄是那样的亢奋，那样的投入，他每天在图书馆读书十几个小时，并做了十大本厚厚的笔记。沈语冰正是从剑桥大学图书馆找到了弗莱写塞尚的那本小册子，"薄薄的，只有80来页，是1927年的老版本。阅读这本书成为我在剑桥最愉快的回忆之一"。

沈语冰好学深思，他博览群书，涉猎广泛，既是一个很优秀的学者也是一位很有艺术天赋的人。他的书法别具一格，他的专著体大思精。沈语冰是一个充满关怀，有自己的"中心思想"并践行这个"中心思想"的人。从他的《透支的想像——现代性哲学引论》、《艺术与哲学：十年论集》到《20世纪艺术批评》，直到他的有关康德美学的博士论文，都贯穿了一条基本思路，按照我的理解，即：坚持现代主义的立场，坚持艺术自主，反对艺术成为金钱、大众趣味和政治的奴婢。所以他心仪现代中西两位最伟大而纯粹的艺术家：塞尚和黄宾虹。

有一些同行认识到了沈语冰著述的价值，能够同情他的立场。比如加拿大Concordia大学段炼先生撰文指出：

到了九十年代，有些学者开始撰写关于西方现代艺术理论和批评的专著，但多是介绍或述评性的。在这样的背景下看，由于沈语冰的《20世纪艺术批评》不仅是引介西方理论的，而且还是研究性、批判性的，所以这部书具有原创的学术价值。但是，这部书并不止于此。我在阅读中注意到，作者在整体构思中有着清醒的历史意识。我曾经参加过他人主持的比较文学史和欧洲小说史的撰写，所以对这类著述的整体构思和历史意识问题相当敏感。沈语冰的专著，虽未以"史"相称，但从二十世纪初的罗杰·弗莱到二十世纪末的阿瑟·但托都有论述，并以现代主义艺术理论的发展为叙述主线，将后现代主义置于现代主义的语境中进行阐说。在此过程中，作者一方面构筑了历史的整体框架，另一方面又避免了一般性批评史著对理论家的罗列和转述，从而有充足的空间来探讨重要的理论问题。那么，在这一切中，沈语冰有没有自己的观点？大体上说，他的观点是反对后现代主义，以及对西方后

现代思潮流行于当下的中国美术界所表现出的毫不妥协的批判。（上海《文景》月刊2006年11月号）

从思想理路看，沈语冰基本承继了从康德到阿多诺和哈贝马斯的传统。他坚持现代主义的传统，坚持艺术自主。他对现代主义的理解比一般的哲学家要灵活一些，他借用加洛蒂的"无边的现实主义"的概念提出了"无边的现代主义"的概念。他认为现代主义不是一个以媒介为转移，而是一个以观念为旨归的概念。因此，当代艺术中的某些新样式（还要包括装置艺术与视像艺术）属于现代主义还是后现代主义的问题，不可一概而论。他整合德国美学家贝格尔、美国学者胡伊森的主要思想，提出了明确的概念界分：现代主义、前卫主义、后现代主义。他指出："在当代艺术中大量新的艺术样式，有些属于现代主义的范畴，当它们坚持艺术作为一种分化了的文化领域的相对自主，同时，坚持形式限定（或视觉质量）的概念与党派性（或意识形态原则）的时候。而当它们放弃艺术作为相对自主的领域的观念，并致力于'反分化'，取消形式自律，却坚持艺术作为社会异在力量的批判的时候，它们就不再是现代主义，而是前卫艺术（如达达主义和早期超现实主义）。再进一步，当它们既放弃了艺术自主原则，也放弃了艺术的异在性原则的时候，它们就成了后现代主义（特别是美国式的后现代主义）"。（沈语冰：《现代艺术研究中的范畴性区分：现代主义、前卫艺术、后现代主义》，载《艺术百家》杂志，2006年第3期）沈语冰对"艺术自主"的理解也不是机械的，而是富有弹性的。在康德看来，艺术是"无利害关系"的审美沉思的对象，具有"无目的的合目的性"，因而"美在形式"，但肯定"艺术自主"的康德恰恰又断言"美是道德善的象征"，这是不是矛盾的呢，沈语冰指

艺术与观念

Cézanne: A Study of His Development

[英] 罗杰·弗莱 著

沈语冰 译

塞尚

及其画风的发展

《塞尚及其画风的发展》
（英）罗杰·弗莱著
沈语冰译 广西师范大学
出版社2009年5月第1版

出，并不矛盾，他说："细究康德整部第三《批判》，并且将第三《批判》置于他的全部著作中加以考察，便能发现康德还拥有一个深层动机，那就是将已经得到充分论证的趣味自主，置于启蒙的总体蓝图中，从而提出了'美是道德善的象征'的命题。这一命题的基本含义并不是说美的基础在于道德善（那会与他'美在形式'的结论相冲突），而是说审美判断因其无功利、自由等等特征，与道德判断同形同构，从而有利于道德建设。正因为如此，'美在形式'（趣味的自主性命题），与'美是道德善的象征'不仅不互相矛盾，反而是彼此对待，相互辩证的。试想，如

果没有趣味的自主（趣味判断不涉利害的自由），那么，美如何还有可能成为道德善的象征？倒过来，如果不会有益于道德这一人类更高的关切，那么，审美岂不是立刻要沦为'为艺术而艺术'的苍白琐碎，以及康德所说的'令人厌倦'？"（沈语冰：《诗与真，抑或诗与美》，载《文景》杂志，2008年11期）但沈语冰和他所认同的阿多诺一样，不是一个单纯的艺术自主论者，他清醒地看到："与康德一样，阿多诺首先是个坚定的艺术自主论者，因此，他才会那么强烈地批判作为文化工业的大众艺术，以及作为意识形态说教的'听命文学'，从而与本雅明鲜明地区别开来。但是，阿多诺又不是一个单纯的艺术自主论者，阿多诺明白艺术创作作为一种精神生产，不仅不能从一般物质生产的环境中脱离出来，而且也不能与左右一个时代的精神氛围（或者干脆称之为意识形态）完全无涉。阿多诺的结论是，借用美国作家海明威的话来说，艺术乃是'压力下的优美'。压力是施加于艺术家的全部物质与精神生活条件，优美则是在这种条件下艺术家通过对既定艺术语言的挤压、变形、粉碎、重组而实现的新形式。"（同上）

"艺术乃是压力下的优美"，说得多好。沈语冰相信艺术现代性的真正核心是走向自主，但他又悲哀地发现中国20世纪的美术进程，似乎正好是逆向而行。"反观中国近代美术，特别是20世纪下半叶以来的美术，我认为恰好走上了与自主艺术完全相反的道路。首先，在前半期，中国美术史几乎笼罩在政治意识形态之下，其中影响最大的美术教育与美术创作思想——所谓徐悲鸿体系——是以自觉使艺术服从于政治为前提的。其次，在后半期，特别是1990年代以后，中国美术（包括所谓前卫艺术），则基本上以市场为导向，赤裸裸地沦为资本（包括国际资本）的运作

对象。在这个过程中，只有极个别的艺术家还在坚守着现代性承诺及其美学抱负：这当然是一种理想主义，它在1980年代的新潮美术中曾经昙花一现。"（沈语冰：《现代性概念的规范潜力》，载《艺术当代》杂志，2006年第5期）

然而，在20世纪的中国美术史上，有没有沈语冰心目中真正的"自主艺术"呢？有，那便是黄宾虹。沈语冰说："我认为他是20世纪极少数清醒地意识到艺术自主这个原则并终身实践之的伟大艺术家之一。就在20、30年代徐悲鸿等人大力倡导'改造国画'，'美术革命'之时，黄宾虹发表了一系列文章和演讲，坚决主张'画不为人'，'画乃为己'，并提出行家画与戾家画之辨，重申志道游艺的士夫画传统，明确反对'枉己徇人'绘画观，反对艺术的功利化和商业化。"（同上）而西方艺术史上最能体现"艺术自主原则"的则莫过于塞尚。

塞尚和黄宾虹都是画痴，对待艺术有一颗赤子之心。他们生前都不曾声名显赫，他们从自己的艺术创作中获得的商业利益也极为可怜。但他们都是极为严肃的艺术家，都是学识、知性和才情兼备于一身的艺术大师，都是从传统中开拓一片天地的伟大先驱。他们都遍览从前的艺术，而又最终从大自然中找到绘画的真谛，塞尚在与约阿基姆·加斯凯的对话中说道："我恨不能放把火把卢浮宫给烧了！一个人必须沿着自然的道路走向卢浮宫，再沿着卢浮宫的道路返回自然。"塞尚想要画出大自然那份亘古长存的悸动："在一幅画里绝不允许有任何松散的关联或缺口存在，否则画中的情绪、光线、真相就会流失、就会逃逸。……我又在向所有支离的碎片靠近……我们所看到的每一样东西都在消散、隐匿，大自然始终一如既往，可它的外观却一直变幻不停。作为画家，我

们的使命就是用大自然所有变幻的元素和外观传达出它那份亘古长存的悸动。"黄宾虹又何尝不是如此，他一生九上黄山，遍览祖国河山，以他的如椽大笔、以他臻于化境的笔墨语言挽回了中国20世纪美术的尊严。

洪丕谟先生对他的弟子沈语冰有这样的评价："高蹈绝尘，思入毫芒，思人之不敢思，想人所未及想。"确实，沈语冰的著述和研究性的翻译体现了他"高蹈绝尘"的清志，但我又相信，他所攀登的道路将是孤寂的，大音希声，他正沿着更少人迹的路坚定地走去。

游荡的幽灵
——高岭著《商品与拜物—审美文化语境中的商品拜物教批判》述评

A LOAFING GHOST
Commentary on Gao Ling s Commodity and Fetishism Criticism of Commodity Fetishism in the Aesthetic Cultural Context

杨 涓

什么是商品拜物教（Commodity Fetishism，德文为 Waren-Fetischismus）？在《资本论》的第1卷第1篇第1章第4节中，马克思首先提出了此理论命题。马克思是在对资本主义社会的生产与劳动价值学说的研究和分析中发现了一种虚假意识形态，并命名为此。实际上"商品"与"拜物教"二者在逻辑上存在着一种和属的关系，因此马克思也有意识地用明确的限定词来界定它们，即商品（的）拜物教。

拜物教作为人类社会发展进程中的一种现象由来已久（虽然其作为概念的历史也只有二三百年），它最先在宗教意义上使用，如原始人的巫术；其后，拜物教才具有了宗教意义之外的其他用法，即马克思所谓的"商品拜物教"，它指的是商品、货币和资本的三大拜物教。马克思富有创造性地首次将古已有之的偶像崇拜现象与商品联系起来，从而形成了对资本主义社会进行考察和批判的有力的思想武器。

高岭的《商品与拜物——审美文化语境中的商品拜物教批判》一书所论述的正是属于后一种形式的拜物教。而所谓批判，就是通过理论分析去反思与厘定围绕于审美文化语境中商品拜物教问题周围的界限。

该书开篇仿照马克思和恩格斯的语气点出了主题：一个幽灵，商品拜物教的幽灵，在当代审美文化语境中游荡。①也正是基于这样的思路，该书以商品拜物教的本质、存在方式和发展变化为研究主线，力求探明有关人类商品活动和审美活动发展的具有普遍意义的规律。通过对"商品拜物教"这个命题的还原、梳理、追问，以及对于后世思想家各种论点及悖论的辨析，该书作者立足当下，以最新的理论视角对这个历久弥新的命题做出了最新的解读。

一、从马克思的《资本论》说起

基于"商品拜物教"这个概念的根本性，该书首先追溯了其本源，将其回溯到当时的经济社会学语境之中考察。通过对商品拜物教出现的三大基础的分析，从而还原了马克思立论的根本，也更加让我们清楚地认识到商品拜物教与商品生产之间的关系：商品拜物教是与商品生产和社会分工共生的客观存在，原有人与人的直接关系变为必须以物与物的关系为中介，而这种颠倒的社会结构是商品拜物教的终极秘密和最终根源。

此外，正是因为马克思把商品的概念提升到了形而上学的层面上，引出商品拜物教的理论话题，从而触及到了政治经济学之外的宗教、哲学、心理学、美学和伦理学的许多领域。因此，自此之后的一百多年来，专家学者围绕着社会经济发展和人类精神进步的相互关系的思想争论始终脱离不开这个维度。

本书第二章追溯了西方代表性思想家在资本主义不同发展阶段对这个重要思想的话语阐述方式的变化，如从早期卢卡奇的"物化"论、阿多诺的"文化工业"论，到巴特的物品—符号、符号—物品论、勒斐弗尔的消费符号论、德波尔的商品景观论，再到鲍德里亚的仿真论和象征交换体系论等等。虽然他们站在各自的时代高度对这个命题做出了有益的推进，但是其中仍然存在诸多偏颇和悖论。作者也在论述中一一对其进行了深度剖析。

本书通过对以上学者思想进行一番巡礼之后得出结论：这些思想家的理论辨析路径有着类似的倾向，即越来越注重商品拜物教话题的文化审美维度。这说明随着资本主义工业化的推进和发展，原先仅发生在西方社会生产领域的问题带来了文化方面的回应，而思想家们的理论阐释证明了文化领域的审美观念也在发生着关键性的变化。因此，这也构成了该书要研究的主体部分——审美文化语境中的商品拜物教批判。

二、商品拜物教与大众审美文化

那么，商品拜物教是如何进入审美文化语境，并且和文化产生联系的呢？本书从第三章起论述了传统文化解体，大众文化应时而生的大背景，从审美文化转型的角度切入，从而指出了商品拜物教的文化结构：商品化是大众文化产生的原因，大众文化又是商品化的文化体现。

因此，随着市场经济的推行，商品拜物教和人的异化早已经超出了马克思阶段的范畴，它不断由相对狭义的物质领域向整个文化和文明领域全面渗透。而德波尔所言的"景观社会"的形成即是"商品拜物教原则"的"完全实现"。同时，在这一漫长的历程中，关于"商品拜物教"中的"商品"也逐渐脱离其实体性质而具有虚幻的符号性——意象（德波尔）、类像（鲍德里亚）。至此，书中在第三章末尾对上述提出的问题做出了解答：因为人们消费商品的形象、外观的行为是一种文化行为，是一种不同于精英文化的大众文化。这种文化是市场经济条件下满足人们寻找替代性梦想的文化。

所以，本书之所以从第二章详细考察西方学者对商品拜物教在文化发展各个时期的显现方式的批判，正是因为它实际上就是对作为商品化得以实施的载体——大众文化的批判。也就是说，大众文化与商品拜物教之间的关系是其中批判的焦点。为了更加深刻揭示文化语境中商品拜物教批判的复杂性、多样性与开放性，该书在第四章除对阿多诺、德波尔、鲍德里亚等思想家在理论问题上的混淆和悖论进行了剖析外，作者还指出了拜物教的话题转向的问题，如从批判转向了对文化差异的生成条件的探讨——哈贝马斯、阿尔都塞的意识形态批判。他们共同编织并钩沉出了20世纪文化批判这一庞大、多元和丰富的谱系。

然而，在20世纪的文化生态圈中，大众文化的比重越来越重，这已然成为了一个不可辩驳且不能回避的现象存在。因此属于精英文化的知识界和文化界也开始研究大众文化的内在运行机制，以期通过对大众文化的研究，能够为当代文化的整体研究找到一个基本的视点。从这个意义上说，对当代审美文化的研究主要就是对大众审美文化的研究。在书中第五章，作者一方面深入大众文化的内部考察固有属性（如共享性、相对性、霸权性），并由此指出它遭到精英文化反对的根源。另一方面，作者从其对立面——作为精英文化的现代主义艺术入手分析二者复杂的交织关系。诸如从19世纪下半叶印象派对社会关系商品化的敏锐捕捉，到20世纪六七十年代之后商品化题材成为当代艺术的重要主题。作者更是在最后指出：在这一过程中，艺术的创作观念、表现手法和批评理论尚且受到高度商品化的侵扰，艺术作品的收藏和拍卖方面所受到的市场交换逻辑的影响更可想而知。因此，对商品拜物教话题的讨论也必然而且应当成为西方艺术领域中的重要话题。

正是经历了上述漫长的历程，资本主义经济下的商品拜物教将"商品活动"与"审美活动"紧密地联系在了一起，本书第六章意在厘定存在于二者之间缠绕纷纭的关系，虽然二者的联系显而易见，但又因其本质不同而存在冲突：人类的商品化逻辑与人类原有的追求自由天性的精神逻辑之间存在一种冲突和悖论。但是，作者也指出：这种冲突是人类的社会实践和思维能力本身的有限性造成的。之所以是悖论是因为它是人类文明发展中必然经历的，是逻辑本身的错误，而不是对逻辑规则的违反。面对这种悖论，需要有开放的辩证的思维方式，需要做具体的理论研究和丰富的社会实践，需要对特定的社会条件和社会生产方式进行多角度的深入剖析，而这将是另一个更为广阔也更为复杂和丰富的课题。

三、商品拜物教—— 一个历久弥新的命题

时至今日，商品拜物教这个命题提出已有一百多年的历史，我们为什么仍然还要对它进行研究呢？

在西方20世纪的文化批判谱系中，各种主题和层面的批判并不是同时展开的，而是经历了很大的历史跨度，但由马克思确立的商品拜物教的批判维度始终作为对资本主义社会进行批判的重要母题之一。此外，就最近中国二十多年的改革开放和社会主义市场经济的建设而言，经济和社会的发展所带来的精神文化的变化和矛盾，也必然使商品拜物教这个理论话题成为中国当代社会文化学者不可回避的重要课题。

因此，在最后的余论中，本书作者高岭对这个疑问作了最恳切的注解："虽然本书的论述对象是西方审美文化语境中的商品拜物教批判，但是本书的写作却是发生在当代中国的时代背景下。我们正在建设的中国特色的社会主义文化，在市场经济的大环境中，也会或多或少地出现审美文化领域尤其是大众审美文化中的商品拜物教问题的各种变体形式。对此类现象和问题，如何正确认识并妥善处理，如何建构社会主义的和谐发展观，即物质财富和

精神财富之间的和谐发展，依然需要我们从中国的社会现实和世界文化发展的整体格局出发来做具体的思考和求证，而经典马克思主义的学说依然是我们取之不尽的理论源泉之一。"

但是，要将其"据为己有"并且游刃有余地运用于中国的现实，对相关概念的内在纹理和复杂流变进行透彻了解就成为必需。我想，《商品与拜物——审美文化语境中的商品拜物教批判》一书已经为此做出了很好的努力。

注:
《商品与拜物——审美文化语境中的商品拜物教批判》
高岭著 北京大学出版社，2009年底即出。

注释:

① 马克思、恩格斯在《共产党宣言》的开篇写到:
"一个幽灵，共产主义的幽灵，在欧洲游荡。"（《共产党宣言》单行本，人民出版社1997年版，第26页）

征稿启事

《批评家》为纯美术批评读物，暂为每季度出版一辑。
每辑约10万字。以文字为主，配少量说明性图片。

《批评家》的栏目设置主要有：
理论前沿：基础理论、艺术本体问题研究、艺术边缘问题研究
现象解剖：针对美术界的思潮、现象、流派的深度分析
反思批评：针对美术批评的问题分析，批评方法论建构
青年论坛：青年批评家或在校研究生观点（尽可能犀利）
争鸣空间：针对某观点的各方面意见
热点点评：点评方式，言不必多，犀利而直接
一家之言：个人独特见解，不忌危言耸听
公共调查：用数据来说话，侧重当代艺术与社会公众的互动
书刊评论：好书推荐、名家在线、媒体比较
旧话重提：现代批评史上的经典话题回顾与再认识
批评译林：介绍国外艺术理论观点成果

除以上栏目外，本编辑部还可以根据内容需要设立专题。

恳请美术批评界同仁和关心中国美术批评的艺术家、
读者对这一大家共同的园地予以全力的支持，
共同浇灌这块来之不易的批评净土。

本编辑部保证，来稿的采用一律以质量为主，不以名气为衡量标准。

来稿请注意：

◎ 本编辑部自收稿之日起，即获得一切版权转让，在一个月内做出是否采用的答复。
  文章发表后，其他刊物（包括电子媒介）转载需要得到本编辑部书面同意，并注明转自本读物。

◎ 来稿一般请控制在10000字以内。请使用电子文稿，谢绝手写文稿。
  可以附电子图片。图片请自行压缩在4mb以内。

◎ 凡不符合以下要求的文章，将不予以审稿。

  1 论文未曾在其他刊物以及电子媒介上发表，
    学术论文要求在思想上有深度推进，在资料收集、分析方面有新的拓展；
  2 文章中出现的外文专门名词（人名、地名等），
    除常见的以外，一律附外文原文，用（）标明。
  3 题目翻译成英文：300字的中英文提要，作者简历（中、英文100字）。
  4 文章采用尾注，置于文章后面（译者的注释则要加以说明），
    文中注释实用圈码，比如①、②，
    所有凡是由词组、语句构成的中、外文引文内容，都需要标明出处。

◎ 无论约稿还是来稿，本编辑部一经采用，刊后即致稿酬，稿酬从优。

◎ 来稿请注明作者中英文姓名、近照、工作单位、通信地址、电话、电邮。

◎ 编 辑 部
  邮   箱：criticmagazine@vip.sina.com
  王   林：art444@126.com
  顾 丞 峰：chengfenggu@126.com
  高   岭：gaoling@flymedia.com.cn

◎ 联 系 方 式
  编辑部电话：010-64367677
  传   真：010-64367677
  联 系 人：杨 涓
  地   址：北京朝阳区酒仙桥路4号宏源公寓A座0204
  邮   编：100015

纯美术批评读物

《批评家》编辑部地址：

北京市朝阳区酒仙桥路4号大山子798宏源公寓A座0204

邮编：100015

电话/传真：（010）64367677

邮箱：criticmagazine@vip.sina.com

《批评家》汇款信息：

户名：宗昊

卡号：622202 02000 28455075

开户行：工商银行

《批评家》为季度出版，一年四本，单价RMB30，全年订购RMB120（北京市区内享受特快专递服务）。

姓　　名	
工作单位	
详细地址	
电　　话	
身份证号	
电子邮件	
邮　　编	
订阅类别	□ 单　位　　　　　　　□ 个　人
订阅时间	20　　年　　月 —— 20　　年　　月
订阅册数	
汇款方式	□ 邮局汇款　　　　　　□ 银行汇款
金额合计	万　　仟　　佰　　拾　　元整　　（￥　　　　　）

批評家ART™
CRITIC